妹に虐げられた無能な姉と鬼の若殿の運命の契り

小谷杏子

STARTS
スターツ出版株式会社

無能な私は一生誰にも愛されない。義妹や継母から疎まれ、虐げられ、死んでいく。

そんな運命だと思っていたのに――

「さぁ、藍《あい》。話がついたぞ。今日からお前は俺の花嫁だ」

彼の背後に見えるのは、青白い満月とそれを引き立てるような深い紺碧《こんぺき》の夜。光る青い瞳は彼が鬼であるということを象徴している。

運命がぐるりと回転した。

目次

妹に虐げられた無能な姉と鬼の若殿の運命の契り

序章　隠された真実

幼い頃から、人ならざるものが視えた。それは死んだ人の魂の他、人の形をしたものもあれば角が生えているもの、獣頭の人、物に心が宿ったものなどさまざまある。それらは〝あやかし〟であるのだと母に言い聞かされて育った碧月藍《あおつき》は、あやかしを視る自身の目を嫌っていた。

あやかしはとにかく藍を脅かし、たとえば茂みの中から大きなひとつ目を出してきたり、細長い背丈で通せんぼしたりする。藍の耳元で囁《ささや》くこともあり、そのどれもが人語ではなく不気味なものだった。

他の人間にはあやかしが視えないので、誰にも信じてもらえず気味悪がられ、学校にも馴染《なじ》めない。だから、十七年間ひたすら日陰で息をひそめるように生きてきた。

『藍はお母さんの子だから、視えてしまうのよ……ごめんね』

それが母、史菜《ふみな》の口癖だった。

母曰《いわ》く、戦前まではあやかしを視る人間が多くいたらしいが、現代ではあやかしを視る能力はごく限られた者だけしかいないらしい。

同じくあやかしを視る力を持つ母だけは強い味方だったが、病のせいで力が衰えていき、この春、不治の病でこの世を去った。それも死の間際にこんな譫言《うわごと》を残して。

『藍……あなたは、鬼の子供なのよ』

そんな話は聞きたくなかった。

＊＊＊

その昔――江戸幕末の世、日本は新政府軍と旧幕府軍との争いで多くの尊い命が失われた。

誰も彼もが世を正すべく、あるいは世を守るべく戦ったその裏で、それまで人とともに生活していたあやかしたちも動乱に巻き込まれ、多くの血を流したという。

あやかしは簡単に死ぬ存在ではないが、人の信仰や畏怖がなければ存在し得ない。地域によっては神として崇められるものの、人の世の移り変わりが激しく、時代が大きく回るにつれて表舞台から姿を消した。

鬼、獣、龍。その三種の属からなるあやかしたちは日本のどこかに国を築いたとされる。しかしそれは、現代を生きる人々にとって知る由もない。

第一章　それは運命、あるいは必然

母、史菜を亡くした後、藍はそれでも気丈に生きようと努力した。

もともと頼れる親戚もおらず、会ったこともない。母が死の間際に口走ったことも忘れようと必死だった。

しかし、現実は無情だ。

「この部屋、出てってくれない？」

夜、アルバイト先から狭いアパートに帰って玄関に立った直後、藍は大家の女性から唐突に言われた。

「え？　どうしてですか？　家賃もちゃんと払ってます。これからもわたしが稼いでお金は入れます」

そう訴えたが、大家は聞く耳を持たなかった。

「あんた、気味が悪いのよ。視えないものが視えたり、なにもないところで話したりさ。近所でも悪いウワサが立ってるんだよ。母親が死んで身寄りがないんでしょ？　だったら施設にでも入ったらどう？」

大家の言葉に藍は絶句した。

確かに近所付き合いはよくはない。藍が幼い頃から住んでいたアパートだが、母も藍も周囲から避けられていた。藍がよくあやかしに追いかけられていたせいで、近所の人たちにとっては気味が悪くて当然である。

黙っていると、大家は冷たく一瞥《いちべつ》しながら「分かったら頼むよ」と言い残して部屋へ帰っていく。

藍はなすすべなく玄関に入り、部屋の奥にある母の遺影にすがった。

「お母さん……わたし、どうしたらいいの？」

母が残した貯金では生活が苦しい。今までのように短時間のアルバイトだけでは生活に支障が出るので、それなら学校へ行く時間も働きに出るほうが建設的だと考えて高校も退学したばかりだ。それなのに住む家まで奪われてしまったら、どう生きていけばいいのか分からない。

しかし、母はもう答えをくれない。

「どうしよう……」

我慢していた涙が頬を落ちようとしたその時、藍の横を冷たいものが通り過ぎた。

『藍……』

背後から冷たい息がかかり、ふり返ると母が立っていた。死の間際にまとっていたピンク色のパジャマとカーディガン姿で藍を優しく見つめている。

「お母さん！」

藍は母の元へ走った。抱きつこうとしたが母は透明で実体がない。霊だ。藍はすぐに悟った。母の霊魂が藍の目に視えている。

「お母さん、わたし、この家から追い出されちゃう。ねぇ、どうしたら……」

『藍、あなたに言い残したことがあるの』

「え……?」

藍は母の前に座り込んで見上げた。母は娘の頬に手を伸ばすも掴《つか》めない。その切なさに耐えるようにふたりはじっと見つめ合う。

母はゆっくりと口を開いた。

『あなたは鬼の子。あなたのお父さんは鬼なのよ』

「それ、は……」

死の間際の母の言葉だ。藍は認めたくなくて首を横に振ったが、母は話を続ける。

『あなたがあやかしを視るのも、あやかしに好かれるのも、あなたが鬼の子だから』

「嫌! そんな話、聞きたくない! お母さん、こんな時に冗談はやめてよ」

『冗談じゃない。藍、よく聞いて』

母の力強い声に藍はハッと顔を上げた。

『私は人間だけれど、あやかしを視ることができた。それでお父さんと出会って、あなたを身ごもって幸せな日々を過ごしたわ。でも、それは長くは続かなくてね……』

母は悲しげにため息をつく。

こんな姿になってまで伝えなくてはいけないことだったのだろう。そう思うと、母が冗談を言っているわけではないと分かり、受け入れざるを得ない。

「お母さん」

『あぁ、そろそろ行かなくては。藍、あなたのことをお父さんに頼みました。会えば思い出せるよ。これからはお父さんを頼って一生懸命、幸せに生きて……お願い』

母の足元がどんどん視えなくなっていく。藍はとっさに手を伸ばした。

「待って、お母さん！　幽霊のままでいいからここにいてよ！　わたしをひとりにしないで！」

『ごめんね、藍。さようなら』

母の顔が空気に溶けていく。藍の手が母の顔に触れたが、煙のように消えた。

「お母さん……！」

虚しく伸びた手を下ろし、藍はそのまま床に伏せて泣いた。

脳裏によぎるのは、母とのささやかに楽しかった記憶。母娘ふたりだけで生活は苦しかったものの、穏やかに過ごした時間もあった。

母が死んだ直後はうまく泣けなかったが、ようやく現実を受け入れ、母がもうこの世に存在しないことを理解し、涙が止まらなくなった。先ほど伝えられた父の存在などどうでもよかった。

そうしてしばらく泣き続けていると、唐突に背後のカーテンが揺れた。藍の後ろに黒い影が揺らめいている。藍はフローリングに映った影に気づき、すぐにふり返った。

「え……？」

顔を緑の鬼面で隠した和装の男がおり、その出で立ちで彼があやかしであると瞬時に見抜く。

「碧月藍様、ですね。お迎えに上がりました」

くぐもった低い声は無感情で、藍は目を見張って鬼面のあやかしを見つめた。

「……迎え、に？」

いったいどういうことかまったく分からないが、危険だと感じた。逃げようと立ち上がると、鬼面のあやかしは藍の腕を易々と掴み、急ぐような言い方をする。

「藍様、あまり手荒な真似はしたくありません。ひとまず『隠り世《かくりよ》』へお越しください。話はそちらで」

――お母さんの言う、お父さんって……。

藍は訝《いぶか》り、鬼面のあやかしを見つめた。すると、鬼面のあやかしは藍の心を読んだように後を続ける。

「私はあなたの父上、樹太郎《じゅたろう》様の代理で参りました、歯朶野《しだの》と申します。史菜殿が鬼籍に入ったという報せを受け、樹太郎様のご命令でお迎えに上がりました」

「じゃあ、本当なんですね……わたしが、鬼の子というのは」

藍は涙を拭い、歯朶野の手をやんわり離した。彼もまた藍が逃げないと悟ったのか無理強いしない。

「このことは史菜殿からお聞き及びに？」

「はい。たった今聞きました。まだ信じられないけど、小さい時から人ではないものを視てきたから信じざるを得ません」

それでもまだうまく飲み込めない。

目の前にいる歯朶野は鬼面以外は普通の人間と大差なく見えるが、人ではない強力な妖気を漂わせていた。逆らえば殺される、そんなおぞましい気を察知した。彼は藍を殺す気はないだろうが、あやかしは強ければ強いほどまとう妖気が濃く、人間にとってはたまらなく恐ろしいものと感じられるのだ。

それに、どうあがいても抗うことはできない。やがて家も取り上げられ、行き場をなくすのだから、今さら現れた父親の厄介になることは避けられないのだろう。成人するまでの間だけ我慢すればいい。そう考えた藍は静かに訊《き》いた。

「その、隠り世というのはどこにあるんですか？　家を引き払う準備ができたら行きますから」

「隠り世はこの『現《うつ》し世《よ》』に存在しません」

歯朶野はきっぱりと言った。

「この日ノ本の裏側とされる場所、そこに隠り世はあります。ゆえにあなたは私とともに参らねばなりません」

「でも準備できてないし……今すぐにですか？　少し待ってください」

歯朶野の淡々とした言葉だけでも威圧感を感じ、焦ってしまう。

バタバタと荷造りをする間、歯朶野は懐中時計を見ながら玄関に直立不動で佇《たたず》んでいた。

しかし、そう簡単に荷造りができるわけがなく、タンスや棚を物色する藍に歯朶野はしびれを切らしたようにため息をついた。

「藍様、もうよろしいですか？」

「まだです。だから急に言われても――」

「この家にあるものすべて、あなたの持ち物ですか？」

藍の言葉を遮る歯朶野。藍は少しムッとしながら「そうですけど……」と答える。

すると歯朶野は右手を伸ばし、なにかを掴む仕草をし、おもむろにぐいっと右へ引いた。その瞬間、家具や持ち物すべてがあっという間に消えた。

「えっ!?」

「私の妖術です。今、荷物をすべて隠り世の碧月邸へ送りました」

歯朶野は当然とばかりに肩をすくめる。

藍は呆気《あっけ》にとられ周囲を見渡し、歯朶野をチラリと見た。

──最初からそうしてくれれば……。

そう思ったが口には出さない。やがて歯朶野は藍の手を取る。

「では、参りましょう。ご当主様と奥様、あなたの義妹君《いもうとぎみ》もお待ちです」

藍はゴクリと唾をのみ、覚悟を決める。

その刹那、見慣れた世界が歪《ゆが》み、視界の色が混ざり合った。車酔いしたような不快感が全身に渡り、藍は自分がどうなってしまったのか分からない。

やがて全身が自由になり「藍様」と声をかけられるまで、藍は自分が目をつむっていたことに気づかなかった。ゆっくりと開眼すれば、視界の先には深い緑の瓦と蔦《つた》にびっしりと覆われた大きな日本家屋の門がある。

景色は日本の田舎の風景で、高いビルはなくのどかな田園が広がり、澄んだ空気に満たされているように思えた。日本の裏側と聞いていたが、どこか遠い地方ではないのかと疑う。

「ここが隠り世……？」

その独り言に歯朶野は「えぇ」とそっけなく答えた。彼はようやく鬼面を取り、素顔を見せる。

冷ややかな切れ長の目に透き通った青白い顔は、藍が想像する鬼の姿とはかけ離れていた。年の頃は二十代半ばくらいに見え、やはり人間と大差ない姿であり、恐ろしいほど容姿が整っていた。

圧倒されて言葉が出ない藍を、歯朶野はまったく相手にせず先に屋敷の中へ入る。藍も慌ててついていった。

よく手入れされた庭はとにかく植物が多く、大きな桜の木も庭園の中に植わっている。屋敷内部も広く、金箔《きんぱく》であしらわれた立派なふすまが続いた。時折すれ違う使用人らしき人らも人間と差異のない出で立ちだが、現代ではまず見ない和装に割烹着《かっぽうぎ》をまとった格好をしていた。

やがて藍はひとつの大きなふすまの前に連れてこられ、不安と緊張を覚える。一方、歯朶野はやけにかしこまった口調でふすまに向かって声をかけた。

「歯朶野です。樹太郎様、こちらにおいでしょうか。藍様をお連れしました」

すると、ゆったりとした女性の声がふすまをかいくぐって聞こえてきた。

「樹太郎様はお加減がよくないわ。わたくしたちがお会いします。どうぞ」

その言葉に歯朶野は恭《うやうや》しく一礼すると、ふすまを開けて藍を通した。

だだっ広い畳の部屋が一面に続く。こんなに広い部屋を人生で一度も見たことがなかった藍は呆《ほう》けてしまう。

畳の向こうには上品そうに結ったシニヨンと澄んだ翠玉色《すいぎょくいろ》の和服をまとった壮年

の女と、同じく華やかな桜色の振袖の年若い――藍と同年ほどの娘がいた。このふたりは面をつけておらず、くっきりと彫りの深い派手な容姿でそっくりな顔立ちだった。

歯朶野とはまた違う存在感のある美しさに、藍はその場で立ち尽くす。これに娘のほうが先に「ぷっ」と小さく噴き出した。

「おやめなさい、桜花。はしたないわ」

すぐさま母親らしき女性にたしなめられる桜花と呼ばれた娘は「はぁい」と甘やかな声で返事し、整った笑みを浮かべて藍を見た。

やがて母親のほうがゆったりと口を開く。

「藍さん。初めまして、わたくしは碧月樹太郎の妻、魅季《みき》と申します。こっちは娘の桜花。あなたよりひとつ年下で十六になります」

魅季の言葉に、桜花が背筋を伸ばし礼儀正しく会釈するので、藍もつられてお辞儀した。魅季はゆっくりと甘やかな口調で続ける。

「当家当主の取り決めにより、このたびあなたを家族として迎えることとなりました。以後、お見知りおきを」

「あ、よ、よろしくお願いいたします……！」

藍は慌ててお辞儀したが、なんだか恐れ多くなり、その場に座って深く一礼する。これに魅季は目を細めて優美に笑った。

「少々事情があり、あなたとご母堂は人間の住む現し世で生活されていたと聞いております。しかし、あなたのご母堂がお亡くなりになったという報せを受けたので遣いをよこしたのです」

魅季は丁寧に説明した。藍は頭を上げられず、そのままの姿勢で聞く。

まさか父に後妻と娘がいるとは想像もしていなかったので窮屈な予感がしたのだが、魅季の穏やかな口調や説明のおかげで思ったよりも過ごしやすい環境かもしれないと胸を撫で下ろした。

「不慣れな生活かとは存じますが、ここをあなたの家だと思ってお過ごしくださいませね。歯朶野、藍さんを部屋へ案内しなさい。桜花も仲よくするんですよ、いいわね」

魅季の声に歯朶野は深くお辞儀し、桜花も「はい、お母様」と愛らしく返事する。

そうして歯朶野の案内で広間から出て、そのままの足で廊下を歩く。父には会えないのか、とわずかに気落ちしたが安堵もしていた。

自分たちを捨てた男を父と呼べるか不安があり、また許せるかどうかも分からない。そもそも本当に父親なのか実感も湧かないのだった。

そんなことを考えていると「藍様?」と歯朶野から声をかけられ、驚いて「はいっ!」と声が裏返る。

「ここからまっすぐ行くと洗面所があります。食事は反対方向の広間です。分かりましたか、藍様」

「は、はい……ていうか、その藍〝様〟というのはやめてください……」

歯朶野の話がまったく頭に入らなかったものの藍はそれだけ言う。歯朶野は眉ひとつ動かさずに冷たく返した。

「いいえ、あなたは当主様のお嬢様にございます。私のような下々の者とは立場が違うので」

「そうなんですか？　全然知らなかった……」

まだ信じられない。状況を飲み込むのも理解するのも、脳の処理が追いつかずに疲れてしまう。

「藍様、お部屋へどうぞ。今日はゆっくりとお休みください」

そう言われ、藍は素直に歯朶野の後についていった。長い廊下を通り抜け、何度も曲がり角を行く。まるで迷路のようだ。

こんな大きな屋敷に今日から住むことになるとは――。

すると歯朶野が急に立ち止まる。

「藍様、こちらがあなたのお部屋です」

そう言いながら彼はふすまを開けた。

現し世のアパートにあった持ち物がすべて揃《そろ》っており、母の遺影と位牌《いはい》、遺骨まできちんと棚に置かれていたので、藍は感心しながら部屋に足を踏み入れた。

十畳ほどの部屋だが、居候の身としては十分な広さだ。それなのに歯朶野はなぜか藍に哀れみの目を向けていた。

「歯朶野さん？　どうかしましたか？」

「いえ」

彼は短く返事すると無表情へ顔色を変えて一歩下がる。

「では、私はこれで」

「はい。なにからなにまでありがとうございました」

「礼には及びません。碧月家の使用人として当然のことをしたまでです」

そう言って部屋を出てゆっくり一礼する歯朶野は、一拍置いてためらいがちにまた口を開いた。

「……屋敷の中ではくれぐれも粗相のないようご注意ください」

「え？」

しかし、歯朶野は藍の疑問には答えずふすまをピシャリと閉めて去っていった。

翌日から碧月邸での生活が本格的にスタートした。しかし、屋敷の案内や生活のことなど詳しく聞いていないので、早朝からさっそく困る。

まず手洗いの場所が分からない。食事はどうしたらいいのか、洗濯や掃除は?と、あれこれ考えるとキリがないほど、前日に聞いておかなかったことを悔やんだ。

確か歯朶野が言っていたような気がするが、あの説明だけでは不十分だ。

まず、突然始まったこの生活が本当に現実のものか何度も頭の中で確かめなくてはならないほど現実味がない。空腹を感じて初めて食事のことを考えるくらい五感が鈍感にもなる。

「歯朶野さん、通りかからないかな……」

藍はそっと自室のふすまを開けて様子を見た。継母でも義妹でもいいから、とにかく誰かが部屋の前を通りかからないかと願う。しかし、藍が通された部屋はどうも屋敷の住人らの生活空間から離れているらしく、一向に誰も通る気配がない。

「勝手にうろついてもいいのかな。でも歯朶野さんが昨夜、あんなこと言ってたし……」

藍は昨夜の彼の言葉を記憶から引っ張り出した。粗相のないように、というのはどういう意味か。

「でも部屋に閉じこもってたら生活できないもんね」

藍は思いきって部屋から出た。

この家ではうまくやりたい。現し世では散々いじめられるか誰も見向きしないかの扱いを受けてきた。そんな生活から脱却する意味でも、この隠り世での生活に懸けている。

しばらく薄暗い廊下を歩いた。部屋らしきふすまはあれど、勝手に開けたらいけないと思ってなかなか踏み込めない。

ひとまず手洗い場を探そうと藍は決めた。おぼろげな部屋までの道のりを逆順にたどると、ようやく屋敷の住人らしき姿を見つけた。

和装と割烹着の女性で、その服装から使用人だと分かる。

「あ、あの、すみません」

他人と話し慣れていない藍は頬を引きつらせて笑みを浮かべながら話しかけてみた。使用人の女性が振り向くが黙ったまま。

「あの、お手洗いは……あと、食事はどうしたらいいですか？」

そう尋ねるも、使用人は眉をひそめるだけで困惑するばかり。藍は「あっ」と手を打ち、かしこまってお辞儀した。

「あ、あの、昨日から居候してます、碧月藍です！」

「……あぁ、お嬢様でしたか。失礼を。手洗いはあちらです」

女性はわずかに目を見開いた後、右手の廊下を指差した。突き当たりに手洗い場らしき戸がある。

「ありがとうございます！」

――助かった！

藍は心から感謝し、急いで手洗い場へ駆け込んだ。

なんとか第一関門を突破した藍は、屋敷の住人の親切さに気分が浮いていた。ただ、今度は腹が鳴る。

食事のことを聞きそびれていた。藍は急いであの使用人がいた廊下へ向かったが、もうすでに姿をくらましていた。

「どうしよう……このお屋敷、広すぎて分かんないよ」

途方に暮れてトボトボ廊下を歩いていると、通りがかった部屋のふすまがサッと開く。見れば、そこには桜花がいた。

やはり桜花はとても華やかで可愛い。色白の小顔に、赤い瞳、ふわふわのウェーブがかったロングヘアはピンクブラウンで、これがなぜか桜色の振袖によく似合う。普段の衣装も和服のようで、豪華な金の鈴の帯留めが涼しげにリンと音を鳴らした。

「あら、お姉様。ごきげんよう。よく眠れた？」

ごきげんよう、なんて言葉を使う人を初めて見た藍は目を瞬かせて息をのんだ。一拍遅れて口を開く。

「あ、はい。えっと、まだ緊張して……」

「そうなの。でもこの家はあなたの家でもあるんだから、好きに使っていいのよ」

「あ、ありがとう……」

にっこりと微笑む愛らしい桜花の振る舞いに、藍は心が一気にほどけた。

「じゃああの……朝ご飯は、どこで食べたらいいかな？」

つられて愛想笑いをしながら訊くと、桜花はスッと真顔になった。

「朝ご飯……あぁ、人間もご飯を食べるのね」

「え？」

「嫌だわ、私ったら。ごめんなさいね、人間のことに疎くて」

桜花は困ったようにコロコロと笑う。その悪気のなさに藍もつられて笑った。

「そうだよね、桜花さんは……鬼なんだもんね」

「えぇ、私は純血の鬼なの。だから現し世のことはまったく分からないのだわ。気を悪くした？」

「いえいえ！　そんなことは……」

どうにも会話が苦手だと気づき、藍は消え入るように口を閉じた。対して、桜花は花のように微笑んで言う。

「そんなかしこまらなくていいのよ、お姉様。私のことは桜花って呼んで、ね？」

桜花は藍の手を取ると優しい笑みを向けた。唇は艶やかなさくらんぼのようで、髪の毛からほんのりと桜の香りがする。そんな桜花の周囲にポンッと小さな花が咲いた。

「うふふ、びっくりした？」

桜花は周囲に咲いて舞う花びらを取り、紫色の丸い花弁のロベリアを手のひらに乗せて恥じらうように口を開いた。

「私の異能なの。鬼はね、みんなそれぞれの個性に属した異能を持っているのよ。私は碧月の鬼だから、植物に属した異能ね。花を咲かせることができるの」

「すごい……！　素敵な異能ね」

藍は思わず興奮気味に褒めた。自分もあやかしを視ることができるが、この世は隠り世。それはおそらく普通の能力であって、特質的なものではないのだろう。

桜花は「ありがとう」と言って、藍の背後に回ると肩を叩《たた》いて前へ突き出した。

「それじゃ、食事にしましょ」

桜花の無邪気さに藍はホッと安堵した。うまくいっていると手応えを感じてもいる。桜花とは仲よくできるかもしれないという期待を持ち、ようやく緊張が取れてきた。

連れてこられたのは広い座敷だった。昨夜通された大広間ではないが、それに匹敵するほどの広さであり、その中心にお膳を用意する使用人たちがいた。

「あら、まだご飯の用意ができてない」

桜花が驚いたように目を丸くする。その声にすぐさま気づいた使用人の女性たちがビクッと肩を震わせた。

「あ、お嬢様……！」

使用人の女性たちは若く、桜花を見るとまるで恐ろしいものを見たかのように慌てふためいた。

「お許しください。今すぐに食事の用意を」

桜花の後ろに控える藍は、なぜ彼女たちが怯《おび》えているのか皆目見当がつかない。しかし、目の前の桜花からただならぬ妖気が漂っているのに気がついて一歩引く。

先ほどまでの華やかで可愛らしい桜花はどこへやら、髪の毛を揺らめかせて座敷に入ると唐突に使用人の頬を思いきり打った。

「このグズ！　なにやってるの？　さっさと用意しなさいよ！」

「お許しください！」

使用人の髪を引っ張り腹を立てる桜花の変貌ぶりに、藍は慌てて回り込んで止めた。

「桜花、大丈夫よ！　わたし、全然待てるから、あんまり怒らないであげて」

すると桜花は藍に目を向ける。その目は大きく瞳孔が開いている。また瞳の色は赤から明るい薄紅へ変わり、爛々と光っていた。およそ人間とは思えない。いや、彼女は人間ではなく鬼だ。角が生えていないだけまだ人型なのだが、その荒々しさはまさしく鬼である。

この恐ろしさに藍はすぐ怖気づき、言葉を失くした。その様子に桜花がハッとし、苛立ちを鎮めるように深呼吸する。

「嫌だわ、私ったら」

穏やかな笑みの桜花に戻り、藍はホッとした。桜花がため息をついて言う。

「お姉様に説明してなかったわね。使用人には厳しく言って聞かせないとダメなのよ」

安堵したのもつかの間、桜花の口から信じられない言葉が飛び出す。

「立場をはっきり分からせなきゃいけないの。あぁ、人間だから分からないのね。せっかくこの家族の一員になったのに残念だわ。お姉様ったらお人好しすぎ」

桜花は瞳を薄紅色に光らせて使用人のひとりを捕まえると彼女の首を握った。苦しそうにもがく使用人に、もうひとりの使用人が駆け寄って涙を流して懇願する。

「申し訳ありません、お嬢様！　後生です！　どうか、お心をお鎮めください！」

「はぁ？　誰に向かって口をきいてるの？　お前も死にたい？」

「い、いいえ！　そんな、そんな……！」

首を絞められる使用人はうつろな目になっていく。

泣き叫ぶ使用人の声が部屋に響き、藍はぶるりと震えた。しかし、勝手に体が動いてしまい、桜花に抱きつくようにしてその手を止めようと叫んだ。

「やめて！」

とっさのことに驚いた桜花は使用人を離し、尻もちをつく。藍はその上からかぶさるような格好で桜花を見下ろした。

「ごめんなさい！　でも桜花がそんなふうに言ったり、ひどいことをしたりするのはわたし、見てられないっていうか……やっぱりその、よくないと思うの」

勇気を振り絞って訴えると、桜花はスッと無表情になる。藍は慌てて桜花から離れ、様子を窺《うかが》った。

「桜花……？」

おずおずと訊いてみると桜花は「ぷっ」と噴き出した。みるみるうちに笑いが狂気めいて大きくなっていき、理解ができない藍はキョトンとするばかりで言葉が出ない。

「あはははは！　あぁもう、面倒になっちゃった。せっかく仲よくしてあげようと思ったのに、お姉様ったら立場を弁えないんだもの。やっぱり無理ね、無理だったわ」

「え？　どういうこと……？」

立ち上がる桜花の言葉に、藍はなんとなく異常を察知した。

瞬間、桜花の薄紅色の瞳が危なげに光り、藍の頭を掴むと床に無理やり押しつけた。あまりの素早さに理解が追いつかず、また畳に顔をぶつけた痛みが後から顔中に広がり、藍は呻《うめ》き声すら上げられない。その間に、使用人たちが逃げていく。とても助けを呼べる状況ではなく、藍はされるがままになった。

そんな藍を桜花は蔑むように見て笑う。

「ねぇ、お姉様。あなた、私たちと対等でいられると本気で思ってるの？　そんなわけないでしょう？　お母様が許しても私が許さないわ」

そう言うと桜花は藍の前髪を掴み、今度は無理やり起き上がらせた。

「ていうか、イヤミにも気づかないなんて鈍感すぎない？　それとも人間ってそんなに頭が悪いの？　私、現し世のことはなーんにも分かんないのよねぇ」

頭皮が引っ張られ、藍は苦痛に顔を歪める。その顔を見ると桜花は興奮したように笑った。

「うふふっ、いいわね、その顔。最初からそうすればよかった！　ね、お姉様。これからもずぅぅっと仲よくしましょうね」

桜花は顔を近づけると、愛らしく邪悪な笑みを浮かべる。その周囲に黒い薔薇《ばら》の花弁が咲き誇り、藍は恐怖のあまり屈するしかなかった。

それから半月が経った。

隠り世での生活に不自由はない。ただ屋敷の敷地内から出る機会はなく、隠り世がなんたるかを知るすべはなかった。

この半月で知り得たのは、鬼は異能を持つこと。弱き者を従え、強き者には歯向かわないということ。男の鬼は現し世に出かけて仕事をするが、女の鬼は隠り世から出ず、家を守っているということ。それくらいだ。

当然、藍も家から出ることも碧月家の鬼以外のあやかしに会うこともなく、また父にも未だ目通りが叶《かな》わずにいる。しかし、藍は父などどうでもよかった。会わずにいるならそれでいいと思っている。

むしろ父の存在はこの碧月家では空気に等しく、主に魅季が取り仕切っているようだった。また、その娘の桜花による横暴が平然とまかりとおるので、使用人と同じく藍はそのいつ降りかかるか分からない猛威に怯えて暮らしている。俯《うつむ》いて暮らすことを強いられた。

ただし、桜花は好き勝手に横暴を働くわけではない。母、魅季の前ではいっさいその本性を見せないのだ。これはおそらく鬼の本能だろうか。鬼は力の強い者には従属するというので、桜花の上位にいるのは母、魅季なのだろう。

だから魅季と食事をともにする際や廊下ですれ違う時なんかは桜花も大人しく、藍を『お姉様』と呼び慕っているふりをしていた。

そのため、『桜花にいじめられてる』と訴えたくてもできない。この半月、桜花は藍をいびることに執着していたので、告げ口しようにもできない状態だった。それに、どれだけひどい仕打ちを受けても我慢するほうが楽だと考えてしまう。

その日は、魅季がいない夕食だった。

桜花がいないのを見計らって部屋を出ているにもかかわらず、なぜか桜花は藍の行動や思考を把握しており一緒に食事をしたがるので、やはり同じ部屋で膳を向かい合わせる羽目になる。

おそらく、使用人たちが藍を監視しているから桜花に行動が筒抜けなのだ。それくらいこの家は疑心暗鬼に満ちている。

鬼の食事は人間と同じだが、野菜や果物、肉や魚などは現し世で出回るものではないらしい。ただ味付けは現し世のものと同等で、どれもこれも美味だった。

今日も肉の煮付け、数種類の小鉢、白米、味噌汁といった豪華な膳であるが、藍はいっさい手をつけない。つい先日、桜花の前で食事をしてはいけないというルールが課され、藍はその言いつけを守っていた。

「食べないの？」

桜花に問われ、藍はビクッと肩を震わせた。この短い期間で藍は完全に使用人と同じ反応をするようになっていた。顔を上げず、こくりと頷《うなず》く。しかし、朝も昼も同じように桜花がいて食事をとれなかったので、空腹も限界に達している。それを知っている桜花はわざとらしく「まぁ」と驚いた。

「こんなにおいしいのに、もったいないわね。ちょっと、お姉様のお膳、下げてちょうだい」

桜花が手を叩いて使用人たちに命じる。

そのあんまりな仕打ちに藍はつい顔を上げた。しかし無情にも膳は下げられていき、使用人たちは藍を見ない。その様子を桜花は嬉《うれ》しそうに目を細めて笑った。

「あらあら、どうしたの？　ひもじいの？　でも食べないんでしょう？　だったらいらないじゃない」

そうして桜花は肉の煮付けをおいしそうに食べる。普段は味付けが濃いだの華がないだのわがまま放題なのに、こういう時ばかりおいしそうに食べるのだ。

その時、藍の腹が情けなく音を鳴らした。その音があまりにも大きく響き、藍はとっさに腹に手を当てる。顔が熱くなるほど恥ずかしくなり、目尻がじわりと涙で濡《ぬ》れた。

「やだ、お姉様ったら卑しいわ！」

甲高い声で非難する桜花だが、顔はとびきり楽しげに高揚しており、箸で味噌汁の海藻をつまんで藍に見せた。

「まぁまぁ、仕方がないわねぇ。ほら、これをお食べ」

びしゃりと海藻を飛ばし、藍のスカートに味噌汁の飛沫《しぶき》がかかる。それでもなお藍は微動だにせず俯いていた。

「ねぇ、食べなさいってば。ほら、這《は》いつくばって舐《な》めたらいいじゃない」

　桜花がなおも煽《あお》るが、藍はスカートを握って耐えた。これに桜花はつまらなそうにフンと鼻を鳴らすと、膳の半分も食べずに「ごちそうさま」と席を立った。ようやく張り詰めた糸が切れ、藍は居住まいを崩す。

　すぐさま使用人がやってきて膳を下げていくが、その際、藍は使用人に「すみません」と声をかけた。

「あの、桜花が食事をこぼしたので、お掃除お願いします」

　そう告げ、藍はふらりと立ち上がって広間を出る。そんな藍を使用人は気遣うことはなく、ただ淡々と仕事をこなすだけだった。

　――この生活がいつまで続くんだろう。

　藍は庭に出て、井戸まで向かいながらぼんやりと考えていた。

　今日一日、井戸の水だけで空腹をしのいでいる。まさか夕飯も水になるとは思わなかったが、桜花の執着を考えれば仕方がないかと考えを改める。

　現し世だろうと隠り世だろうと藍の立場はどこへ行っても結局変わらない。気味悪がられ、虐げられるのが当然であり、それが理不尽だとも思えなくなってきている。

　――わたしは生まれてきたらいけなかったのかも……。

　そう考え、井戸の底を見つめる。水はとても綺麗《きれい》に澄んでいて、月明かりを浴びて碧色に染まっていた。

その中にぽつんと映るのは、貧相で暗い顔をした自分。桜花ほどの派手な容姿ではなく、むしろ平凡で、怯えが顔に張りついていて惨めそう。

そんな自分の顔を見るのも嫌になり、藍は井戸の水を汲《く》んだ。喉を潤す水を体内に取り入れ、空腹を訴える腹をごまかす。

そうしていると、屋敷の廊下を明かりがすうっと通り抜けた。複数の人影が障子に映っており、なにやら男女の和やかな声がしてくる。

「樹太郎殿のお加減はいかほどかな?」

「これがどうにも本調子じゃないんですの。しかし、黒夜《こくや》様がお見舞いに来てくださったから、きっとよくなるでしょうよ」

男のほうは分からないが、問いに答える女の声はいつの間にか帰宅していた魅季だった。上機嫌そうな声音であり、やがて彼らは廊下の向こうへ消えていく。

黒夜という男の鬼が見舞いに来たらしいと悟った藍は、なんとなく井戸の向こう側に身をひそめてやり過ごしていた。

鬼は怖い。桜花の仕打ちからそういうイメージを植えつけられている。

女の鬼でさえ恐ろしいのに、男の鬼はさらに強く邪悪なのだろう。そんな想像が働き、とても家の中へ入れなかった。

「……藍様？」

唐突に声が浮かび、藍はハッと顔を上げた。満月を背にした歯朶野がこちらを見つめている。

「あ……えっと」

思えば、最初に会ったきりの歯朶野との再会である。彼も屋敷の使用人なのに、なかなか姿を現さないのだ。

歯朶野はぶっきらぼうだが桜花のような苛虐性はない。それなのに体が強張ってなにも言えない。

そんな藍の心情もつゆ知らず、歯朶野は不機嫌そうに顔を歪めて口を開いた。

「なにをしているのです？　こんなところにいたら奥様にお叱りを受けますよ」

「ごめんなさい！」

藍は慌てて立ち上がるとその場から駆け出した。しかし急に動いたからか不意に体が横に傾く。空腹のせいで体に力が入らず地面に伏せてしまい、立ち上がれなかった。

「藍様！」

歯朶野がすぐに駆け寄ってくる。しかし、藍は答えられず意識が遠のく。

やがて障子が開き、威厳のある男性の声が鋭く切り込んできた。

「なにを騒いでるんだ、銀雪《ぎんせつ》」

「あぁ、清雅《せいが》殿。これはその、こちらの問題です。奥様に見つかれば困ったことに……」

すぐに歯朶野がモゴモゴと言い訳をし、相手の男性は呆《あき》れたようにため息をついた。

「なんだ、いつも冷静なお前が珍しい。今、ここに魅季はいないぞ。父とともに樹太郎殿を見舞っている。で、どうしたんだ、その娘は」

「……さぁ、私にもさっぱり」

そんな会話が藍の耳にも届いていたが、目はうつろで頭は回らない。ただ、倒れた体を誰かが抱きとめる感触だけはある。

——誰？　歯朶野さん？

暗がりでは顔が分からない。ただ鼻腔《びこう》に届く優しい爽やかな香りになぜか心が落ち着く。そのまま意識を手放した。

目を覚ますと真夜中だった。自室の布団に寝かされていると分かり、藍は勢いよく起き上がる。

「うっ……お腹がすいた……」

たちまち力が入らず、胃腸が気持ち悪く感じる。

布団に顔をうずめていると、横に白い雪うさぎのような餅菓子がふたつ載った皿が置いてあるのに気づいた。思わずその皿を手に取り、周囲を見渡す。

匂いを嗅ぎ安全そうだと分かるも、恐る恐るひと口かじった。すぐに生地がしゅわりと柔らかく溶け、とびきり甘いカスタード餡《あん》が飛び出し口の中でほろほろとほどけていく。

不思議な食感がただの餅菓子とは思えず、また最高に美味だったので藍はとても感動し、大事にひと口ずつ食べた。なんとなく、それだけで生きることを肯定された気持ちになり、涙がひと筋落ちていく。

「いったい誰がこれを？　そういえば、歯朶野さんと話してた人って誰なの……？」

意識を失う前に聞こえた、柔らかくも威厳のある男の声。名前を呼び合っていたはずだが、記憶に残っていない。

藍は閉め切ったふすまを見据えようとしたが、異能を持たない自分になにかが視えるわけではないので自嘲気味に笑った。その間、屋敷の中が一変していたことにも気づかず。

翌日、朝早く藍は目を覚ました。昨夜食べた餅菓子のおかげでいくらか体調がよく、とても一日飢えていたとは思えないほど回復していた。また気分もいくらか落ち着いていて、今ならどんな仕打ちでも耐えられそうなくらいである。

着替えて身なりを整えていると、ふすまの向こうから声がしてきた。

「藍さん？　起きてます？」

それは魅季の声だった。この半月、一度もこの部屋を訪ねたことがない魅季がどうして急に訪れたのか訝っていると、再び「藍さん」と今度はわずかに棘《とげ》のある声音で呼ばれた。

「はい！　起きてます！」

慌ててふすまを開けると、魅季は険しい目つきで藍の部屋を見回した。

「あ、あの……なにか？」

「その皿はなんです？」

藍の問いにかぶせるようにして魅季が厳しく訊く。藍は文机の上に置いた皿を見やった。

「あ、あれは、昨夜誰かがわたしの部屋に……」

「誰かが？　はぁ、藍さん、許可なく家のものを使わないでくださる？　あなたにはあなたの持ち物があるでしょ？　少し優しくしただけでつけ上がるなんて図々しいわ」

「え……あ、ごめんなさい」

藍は意味が分からないまま謝った。

今日の魅季はなんだか機嫌が悪いような気がする。いつもおっとりとした彼女が剣のある言い方をする場面に遭遇したことがない藍は、今朝の高揚をすっかり忘れて萎縮した。

魅季は藍を一瞥して言う。

「まぁいいわ。藍さん、お話があります。広間へ」

そうして魅季に連れられるまま、藍は長い廊下を歩いた。

到着したのは最初に碧月家へ来た際、通された広間だった。寝ぼけ眼の桜花も、使用人たちや見たことのない鬼たちも集まってきており、いったいなにが始まるのか想像がつかない。

藍は上座付近に控える桜花の横に座らされた。使用人や歯朶野たちも全員並んでおり、魅季が中央の上座に堂々と腰を下ろす。ざわついていた部屋が水を打ったようにしんと静まり返り、誰も彼もが微動だにしなかった。

やがて、魅季が厳かに口を開く。

「碧月家の皆々様、本日はお集まりいただきありがとうございます。当家当主、樹太郎は体調が戻りつつありますが大事をとって控えておりますので、わたくしが代理を務めさせていただきます。といいますのも、当主の状況を鑑みまして、昨夜、鬼を統べる鬼童丸《きどうまる》一族の宗家、黒夜瑞之介《ずいのすけ》様お立ち会いのもと、碧月家の当主の代替わりを宣言させていただきました」

滑らかに説明する魅季の言葉に、すべての鬼たちがざわついた。

「おい、聞いてないぞ！」

「勝手に決めてしまわれたのか！」

老齢な鬼たちがこぞって声をあげる。

「これまでどおり、魅季殿が代理を務めればよいのではないか？」

前列に座る老鬼が静かに諭し、今度はその波紋も広がっていく。

「いいや、魅季殿ではやはり荷が重いのだ。ここはこの代をいったん閉じ、分家に任せたらどうか？」

別の鬼がそう提案すると、言い争いが勃発した。

「先代様があのような亡くなり方をしてから、我が碧月家はますます力をなくしている。魅季殿では務まらないのだ」

「だから言っただろう、あの娘が生まれたせいで……」

「お静かに！」

ざわつきの中を魅季の叱責が突き抜ける。

どうもこの代替わり案には皆賛成しかねる様子であるが、魅季にジロリと睨《にら》まれ、すぐに口をつぐんでしまった。やがて後方の鬼たちも次々に黙り込み、まるで音の波形が凪《なぎ》に変わるようである。

そして魅季は取り繕うように咳払《せきばら》いして続けた。

「わたくしは碧月に嫁いだ身。元は白羅《はくら》家の者ですから、皆様のおっしゃるとおり当主代理としてふさわしくありません。しかし、娘の桜花ならば純然たる碧月の血を引く鬼です。当然、跡取りは桜花にと、樹太郎様もそう仰せです」

魅季は袂《たもと》から文を出した。桜花を横に呼び寄せ、当主からの言伝を声に乗せる。

「『私、碧月樹太郎は娘の桜花を碧月家当主に指名し、また私は桜花が成人するまで当主としての務めを果たす所存である。ただし本日より桜花の権限は当主と同等のものとすることを宣言す』……よろしいですか、皆様。これは当主様、さらには宗家黒夜様の取り決めにございます。これより桜花の言葉は当主の言葉。ゆめゆめお忘れなきよう」

魅季はピシャリと言い放つと愛娘に目を向けた。その視線ときたら、とびきり甘やかで怖気の走るような不気味さをたたえていた。

鬼たちは渋々といった様子で前列から頭を垂れる。

誇らしげな桜花の目が藍に向かい、藍はビクッと肩を震わせた。桜花の愛らしい笑顔がことさらに恐ろしい。

やがて鬼たちは静かに広間を出ていったり、その場から姿をくらましたりとさまざまな反応を見せた。広間を出る老鬼たちがぶつくさとなにかを漏らしていたが、よく聞き取れない。使用人たちの顔は絶望に満たされたように真っ青で、ただ歯朶野だけは通常と変わらぬ青白い顔で仕事に戻っていった。

藍も離れようとしたが、すぐに「お待ちなさい」と魅季から声がかかり、浮かせた腰を落ち着かせる。そんな藍に対し、魅季は伸ばしていた背筋をわずかに曲げた。

「同じ樹太郎様の娘であるのに、なぜ桜花が……とでも言い出せば追い出す口実ができたというのに、あなたは本当に聞き分けがいいのね。それとも桜花の躾《しつけ》がいいのかしら」

態度がガラリと変わり、藍は目を瞬かせる。

魅季が不機嫌だと思ったのは勘違いで、この態度こそが彼女の本性なのだ。桜花も本性を隠していたのだから、この魅季も同じく隠していたのだと考えたらすんなり腑《ふ》に落ちる。藍はこれから待ち受ける絶望を予感し、体を強張らせた。

そんな藍に対し、魅季は冷たい声を向けた。

「本当はね、あなたを引き取る気はなかったのよ。それなのに樹太郎様ったら……」

「あら、お母様もそうだったの？　なぁんだ、てっきりお母様はこの子を引き取ることに賛成なのだとばかり思っていたわ」

桜花は調子よく言い、ケラケラと笑った。

「でもそうよね、なんの力も持たない人間と碧月家当主の鬼の子。その事実だけでも虫唾が走る。ただあの迷信どおりなら、器としての機能だけはあるってことかしら？」

蔑む桜花と、そんな彼女を愛でる魅季は、ふたり仲よく頷き合っている。

「器って？」

話がまったく見えない藍はただそれだけ訊いた。しかし嫌な予感がし、答えを聞きたくない気持ちが胸の内でのたうつ。

桜花は嬉々《きき》として口を開いた。

「大昔からの言い伝えでね、あやかしを視る人間の娘とあやかしを番《つが》わせたら、より強いあやかしの子を産むという話よ。ま、あなたは結局なんの力も持っていない、ただの半妖なわけだけれど……半妖と言えるほどでもないか、霊力もないほとんど人間みたいなものだし」

桜花は意地悪そうにクスクス笑う。

藍は不快感を覚え、思わず顔をしかめた。

「なあに、その顔。なにか文句でもあるの？」

藍の反応が気に入らなかったのか、桜花が一歩踏み出す。禍々しい妖気を感じ、藍はとっさに腕で顔を覆った。しかし桜花はいつもの癇癪《かんしゃく》を見せず、行儀よくその場に座った。藍の反応を見て楽しんでいるのだろう。

「藍さん」

魅季がけだるげに口を開くので、藍は桜花から目をそらして俯いた。

「あなたは碧月家繁栄のためだけに尽くしなさい。ご当主様の桜花からのご命令よ」

「え……それは、その、つまり……」

突然の命令に藍は挙動不審になる。すかさず魅季は声高にけなした。

「あら、言葉が通じないのかしら？　同じ言語だと思っていたのだけれど」

「お母様、仕方ないわ。下等な生き物だから言葉が通じないのよ」

桜花の茶々に魅季は満足そうに頷いた。

この親にしてこの子ありとはよく言ったものだとさすがの藍も感じたが、顔に出せばどんな仕打ちをされるか分からないので決して顔を上げない。

「あなたはあやかしの子を産むだけの母体。家畜とおんなじなのよ。惨めねぇ」

そう言うと、桜花は甲高い笑い声をあげる。

要するに、これから自分はどこぞの鬼と番わせられ、子を産むだけのために生かされるのだろう。そう解釈したら、あまりのおぞましさに吐き気を感じた。また、自分はそのために呼ばれたのだと気がついた。

やはりあやかしは恐ろしい存在で、そもそもの倫理観が違う生き物だ。

「適当な鬼というわけにもいかないし、碧月家の鬼ならなんでもいいんだけれどね。別に、ひとりだけに限らないのだし」

魅季がのんびりと言う。すでに藍を家畜のように考えているかのような発言だ。

「だったら歯朶野でもいいんじゃないかしら。あいつに嫁ぎたい鬼なんていないくらい下位の鬼なのだから。歯朶野家も喜ぶんじゃなくて？」

桜花が興奮気味に話し、魅季は愉快そうに甲高く笑う。広間に響き渡る笑い声は藍の耳には届かない。心が閉じると、全身のすべての機能が鈍くなっていくようだった。

「ちょっと、聞いてるの？」

桜花が藍の髪の毛を掴む。鈍くなった感情のせいで表情は無となっており、藍はされるがままになる。

「はぁ、もういいわ。つまらない」

桜花は呆れたため息をつくと、藍を放り投げて広間を出た。魅季も一緒に出ていく。

藍は畳に伏せたまま、しばらく動けなかった。

それから桜花に怯えて暮らす日々が始まった。生きる意味が見いだせない。あとどのくらいこの苦しい時間が続けば解放されるのだろう。

藍はもう二度と幸福な気持ちを思い出せる気がせず、ただ息をするだけの生活に身をやつした。

桜花がすべての権限を持つということは碧月家の壊滅を意味するのだと薄々気づいている。

使用人たちの恐怖も倍増し、どこかで誰かがひどい仕打ちを受け、なんの施しもなく捨て置かれる。これをよしとする魅季も狂っているが、上位の存在に抗えない鬼の本能も理解不能だと藍はぼんやり考えていた。

きっと碧月家の親類らはこれを恐れていたに違いない。桜花と魅季の横暴がまかりとおり、家としての機能が崩壊に向かってしまうことを悟っていたのだ。しかし碧月家の当主が桜花を選んだので、彼らよりも位が高いのは桜花となる。誰も逆らえない。

時間は飛ぶように過ぎるが一日一日が地獄であり、藍は毎日桜花からの暴行に耐えていた。急な暴力なら体が耐えうる限りどうにでもなる。しかし、耐えられないことがひとつだけあった――。

桜花に呼び出され、縁側から唐突に外へ押し飛ばされても藍が耐えていた時である。

「ねぇ、藍」

桜花はとっくに取り繕うことをやめていた。

「現し世では犬に首輪をつけて散歩するんだって学友から聞いたのだけれど、あなたにもつけてみていいかしら？」

いつものいびりだが、度が過ぎていた。そこまでされれば人としての尊厳を失うと、藍は首を横に振って拒んだ。

「ちょっと、待ちなさいよ！」

桜花の手が伸び、とっさに庭へ逃げだす。

「藍！　待ちなさいったら！」

桜花が異能を使う。藍の行く手を阻むように巨大ないばらが地面から生え、藍は驚いて後ずさった。いばらに覆われそうになり、ジリジリと井戸へ追い詰められる。

「やめて……お願い……！」

久しぶりに抵抗する藍を見て、桜花は嬉しそうに笑ってさらにいばらを近づけた。その目は薄紅色に光っていて危なげだ。

ついに藍の腕にいばらの棘が刺さった。その痛みに藍は呻き声をあげる。

「うふふっ、もっと泣きなさいよ。そうすれば許してあげる」

藍は涙を浮かべて桜花に懇願の目を向けるが、迫りくるいばらの勢いには勝てず、バランスを崩す。あっと思った時には遅く、藍の体は井戸の中へ落ちていった。

「きゃあああ！」

水はそう深くないのだが藍はパニックに陥った。石壁に爪を立てて必死に上がろうとする。その様子を上から見下ろす桜花の笑い声が降ってきた。

「あははははっ！　そんな深くないでしょう？　大げさねぇ」

「や、やだやだ！　水は、嫌……！　助けて！　桜花、お願い、助けて……助けて！」

なぜだか幼い頃から水に浸かることが苦手で恐怖心を抱く藍は、井戸の中で泣きわめいた。全身にまとわりつく水がさらに深くまで引きずり込むような錯覚を覚える。

「助けて！　お願いよ！　なんでも言うこと聞くから！　ねぇ、どうか、助けて！」

「なぁるほど。こうすれば藍は泣くのね。うふふ、いいこと知っちゃった！」

しかし、桜花の上機嫌はそう長くは続かなかった。なにかに気づいたかのようにハッとし、しばらく一点を見つめた後、すごすごとその場から去る。

助けてくれるとは思っていないが、頼みの綱が消えれば藍の恐怖は最高潮に達する。

「桜花！　行かないで！　助けてよ！」

叫んでも桜花は戻らない。藍は再び石壁に爪を立てたが、すぐに爪が割れた。血が流れても構わず石壁を掴み、這い上がろうとする。

その時、ふと頭上がかげった。井戸に蓋をされたのかと思いきや違う。何者かがこちらを見ており、すぐに井戸の底へ降りてくる。その動きは鮮やかなもので妖術の一種のようだった。

「大事ないか？」

そう訊くのは男性の声。暗がりで顔がよく分からないが、藍を抱きとめる手は温かい。藍はその男の胸にしがみついた。全身が震えており、気分の悪さでめまいを起こしかけている。

彼は血に染まった藍の指先を見やり、わずかに眉をひそめた。井戸からスッと浮遊し、軽やかに縁へ降り立つ。藍を横抱きにした彼は逆光で顔がよく見えない。しかし、彼がまとう和服から漂う爽やかな香りはなぜだか妙に覚えがあった。

「あなたは……」

藍は目を細め、顔をよく見ようとした。

「俺か？　この俺を知らないとは、とんだ無礼な娘だ」

男は鼻で笑うと藍を縁側へ運んだ。ようやく彼の顔がはっきりと見える。

二十代後半に差しかかった年齢だろうか。どこまでも深い黒眼に、曲がることを知らぬような猫毛の黒髪。陽の下でもその表情は冷酷だったが、耽美《たんび》で端正な面持ちがそう思わせるだけのようでもある。現し世の美男も裸足で逃げ出すほどの妖艶な美しさに藍は目を奪われた。

時が止まる。それはなんだか永遠に感じられ、いつまでも彼を見つめていた。しかし、すぐに現実へ引き戻される。

「指の手当をしよう」

彼は縁側に座る藍のため、その場でしゃがんで藍の両手を握った。急に痛覚を感じ、藍は「あっ」と声を漏らして手を引っ込めようとした。しかし彼の手が離してくれず、すぐに温かい光が手を包んだ。真綿のような優しい感触がしたかと思えば、割れた爪がキレイに元どおりとなる。

彼は傷の様子を見ながら訊いたが、藍はうまく答えることができない。疲労と痛覚、恐怖に加え、突然現れた男の美しさに脳内が混乱し、話す機能を奪われていた。

「清雅殿！　こんなところに……」

歯朶野の慌てた声がふたりの間に差し込み、藍はすぐに顔をそらした。

清雅と呼ばれた彼はのんびりと顔を上げる。

「銀雪。またしても俺はこの娘を助けたぞ。まったく、この家はいったいどうなってるんだ？」

「はぁ……それはまぁ、こちらの問題でして。藍様、またなにかやらかしたんですか」

歯朶野は藍に話の矛先を向けた。しかし、全身ずぶ濡れの藍を見てすぐに察したらしく、すぐさま居心地が悪そうに顔をしかめる。これに、清雅が追い詰めるように厳しく言った。

「銀雪、彼女を咎《とが》めるのは違う。なぁ、そうだろう？」

「えぇ、はい。おっしゃるとおりです。失礼しました」

歯朶野は言葉とは裏腹にうんざりとした顔をした。これに清雅は肩をすくめる。なんだか気安さのある間柄のようだが、今の藍にふたりの関係を考える余裕はなかった。

「フン、腐った家に染まりきったな」

清雅は失望したように言うが、声音は愉快さを含んでいる。これに歯朶野は押し黙り、清雅は気をよくしたのか軽やかに口を開いた。

「さて、藍といったな、娘よ」

清雅の視線が再び藍に向かう。藍はビクッと肩を震わせて俯いた。怯えと恐怖が舌の根を凍らせる。これを見かねた歯朶野が横から入った。

「藍様、こちらは鬼童丸頭領のご子息、黒夜清雅殿です。清雅殿、こちらは当主のお嬢様です」

「なるほど。では、彼女が噂《うわさ》の半妖の娘……藍、お前は今、鬼童丸宗家で奪い合いになるほど価値が高いぞ」

清雅はニヤリと笑みを浮かべた。しかし藍はどうにも反応できず、やはり身動きもままならない。

そんな藍に、清雅は強者さながらの威圧感で近づく。

まじまじと見つめられ、藍は必死に顔を隠した。その時、急に寒気を感じて顔を覆う。小さくくしゃみをしたら、清雅と歯朶野が同時に目を見開いた。

「藍様……」

歯朶野の心底残念そうな声と同時に、清雅が顔をそらして肩を震わせる。どうやら彼は噴き出したらしく、気を取り直して咳払いしたが、それでもまだ笑っていた。

「よし、気に入った」

そう満足げに言うと、清雅は人差し指を藍の額に向けた。

次の瞬間、全身に含んだ重たい水分が水滴となって藍から離れていく。不思議な妖術が藍の体を乾かしていき、冷えもだいぶ落ち着いた。

しかし、藍は声をかすめ取られたかのようになにも発することができない。この圧倒的な力を見せられ、言葉を失っていた。そんな藍に構わず清雅は屈んでいた体を伸ばすと、縁側に足をかけた。

「では、俺は話を進めてこよう。藍、部屋で待っていろ。銀雪、頼むぞ」

清雅は藍には優しく言い、歯朶野には威厳たっぷりに命令し、なにかを投げた。

それはなんだか水が入った小瓶のようで、これを受け取る歯朶野は「はぁ……」と呆気にとられた様子で返事した。清雅を見送ってから藍をチラリと見やるその顔は『また面倒なことが起きそうだ』とでも言いたげであり、なにがなんだか分からない藍はしゅんとうなだれた。

「――鬼童丸というのは鬼を統べる宗家の総称です」

ふすまの向こうで歯朶野は淡々と説明した。

藍は清雅の言葉どおり部屋で待機させられている。清雅の命令だからか、律儀に藍の盾としてふすまの前で直立不動する歯朶野は藍を一歩も部屋から出さない。

「黒夜家、白羅家、紅炎《ぐえん》家、黄錬《おうれん》家、碧月家の五家を総じて鬼童丸とまとめ、この五家からさらに分家が連なっています。その鬼童丸の中でももっとも位が高く、絶対的な権力を持つのが黒夜家です。宗家を取りまとめる頭領の役割を担っており、先ほどの清雅殿はその黒夜家の嫡男です」

さらに将来の黒夜家のみならず宗家すべての頂点に立つであろうと噂される稀代《きだい》の鬼だ。ゆえに彼の言葉は強い効力を持ち、桜花や魅季も抗うことは許されない。碧月家など足元にも及ばない力の持ち主である。

「そんな方がどうして……」

藍はまだピンとこず、ふすまに背を向けた状態で歯朶野の話に耳を傾けていた。

「もう薄々お気づきでしょうが碧月家当主は今、体が弱っており、黒夜家の方が定期的に見舞いを行い、施しを授けてくださいます。昨夜はその定期見舞いでしたが清雅殿もお越しでした。おそらく、あなたを見に来たのだと思います」

「わたしを？」

藍は信じられない気持ちで訊いた。

「あの感じはそうですね。ただ、私の憶測なので確証はありません」

歯朶野は考えるように言うと、一拍置いてため息をついた。

「しかし、藍様が迷信どおりの器であるとするなら、鬼にとってこれ以上ない宝です。碧月家で独占することがもうこれで叶わなくなりました。どこかから風の噂が立ち、あなたの存在が鬼童丸の中で認知されています」

無感情な説明に藍はギュッと胸が締めつけられる。やはり人としての尊厳は保たれそうになく、暗い未来しか描けない。

「そうですか……それで、黒夜家の清雅さんも、わたしを……」

「えぇ。黒夜家の地位をさらに強固なものとするため、あなたをもらい受ける気です。そのために本日はお越しになられたのだと」

「そんな……」

藍は膝を抱えて震えた。

鬼は怖い。桜花も魅季も最初は優しく接してきたが、後で本性を現してきた。きっと清雅も最初のうちだけ優しくしてきて、だんだん恐ろしい本性を見せるのだろう。

そんな想像が働き、藍は膝に顔をうずめてすすり泣いた。すると湿り気を帯びた空気を察知したのか、ふすまの向こうで歯朶野が声をかけてくる。

「藍様……あの、清雅殿は」

しかし彼は濁すように唸ると、警戒めいた険しい声で言った。

「藍様、絶対にここを離れないように」

そうして彼の足音が遠ざかっていくが、絶望にさいなまれる藍は聞いていなかった。時間にして十分ほど経った頃か、ふすまの向こうが急激に慌ただしくなる。

「桜花様！」

「桜花、落ち着いて！」

歯朶野と魅季の切羽詰まった声が響く。すぐに桜花の荒々しい怒号が聞こえた。

「嫌よ！　私はこの家の主でしょ！　それなのに、どうしてよ！」

さらには壁を破壊するような轟音《ごうおん》まで響いてくる。

泣いていた藍も身の危険を感じて顔を上げた。天井から塵《ちり》が落ち、微弱な振動を感じる。部屋を崩されてはたまらないので右往左往し、ひとまず棚に置いていた母の遺影と遺骨を守るように覆いかぶさった。

すると、歯朶野の声がふすまに近づいた。

「桜花様、お待ちください！　ここから先は清雅殿の――」

言い終わらないうちにふすまの向こうで鋭い素振りの音が聞こえ、時間差でふすまの中央に赤い血溜《ちだ》まりが浮かんだ。歯朶野が痛みに呻くような声がし、藍は恐る恐るふすまに近づく。

「桜花様、これ以上は……！」

「おだまり！　使用人風情が私に楯突《たてつ》く気!?　そこをどきなさい！」

桜花の激しい怒りとともに毒気のある妖気がふすまをガタガタ震わせる。次第に桜花の異能によるものか、歯朶野が廊下に叩きつけられる強い衝撃音がした。

「桜花様……！」

「うるさい！　ここは私の家！　私のものよ！　黒夜家がなによ！　知ったことじゃないわ！」

彼女がふすまに手をかける気配がして、藍は目をつむって身を強張らせた。しかし、桜花の「きゃあっ！」という悲鳴となにかが爆ぜる音が同時に聞こえ、すぐに目を開ける。

――え？　どうしたの……？

「藍様、近づかないでください！」

すぐに歯朶野の鋭い声が藍の全身を縛りつけ、ふすまから一歩離れた。

「お前、私の心配をしなさいよ！」

すぐに桜花の癇癪が聞こえる。どうも桜花はふすまに触れられないようだった。

「なによ、この妖術……私の家に勝手なことを」

「そこは俺の花嫁の部屋だ」

悠然とした清雅の声が近づいてくる。これには桜花も口をつぐんだようで、たちまちふすまの向こうは静かになった。

「お前のような小娘に触れさせぬよう、妖術をかけておいたんだ。貴様が藍になにをしてきたのかは考えるまでもない。碧月家は腐ってるからな」

清雅の妖術が桜花の指を弾いたらしい。清雅は冷え切った声で桜花を蔑んだ。その場にいる誰もが息をひそめているのを感じる。

「どうした、碧月桜花。随分と頭が高い。立場を弁え、ここで土下座しろ。そうすれば許してやる」

その声とともに、ふすまがパンと開けられる。清雅が妖術で藍の部屋を開けたらしく、目の前には桜花が床板に額をこすりつけるように頭を垂れていた。あまりの屈辱に桜花の顔が真っ赤に茹《ゆ》だっている。

藍はなんとも言えない気持ちになり、呆然《ぼうぜん》としていた。

これが圧倒的な力を持つ鬼の覇気か。

清雅の冷たい表情が藍に向く。藍は「ひっ」と短く悲鳴をあげて後ずさった。

しかし、清雅は素早い動きで藍の元へ向かうと腕を取って腰に手を回し、じっと藍を見つめる。その瞳は黒から青に染まっていた。

「さぁ、藍。話がついたぞ。今日からお前は俺の花嫁だ」

青白い満月が輝きを放つ深い紺碧の夜を背にした清雅の青い瞳に、藍の戸惑う顔が浮かぶ。目をそらすことはできなかった。

第二章　しぼんだ心に触れて

藍は正式に黒夜家へ嫁ぐため清雅と婚約する。また清雅の強い要望で藍も彼の屋敷に住むこととなった。

この決定について藍に拒否権はない。

恐ろしくも美しい夜、藍はそのまま清雅の家へ連れていかれた。母の遺骨も遺影も持たぬまま黒夜家へと連れていかれ、気がつけば屋敷の門の前で清雅とともに佇んでいた藍は、腰が抜けてその場にしゃがむ。

「藍？」

清雅が驚き、慌てて藍の腕を掴む。

その強い力に藍は息をのんだ。恐ろしさのあまり声が出ない。肩は震え、目元には涙が浮かぶ。

それを清雅は不思議そうに見つめ、おもむろに藍の体を抱きかかえた。

「あの腐った碧月家で散々痛めつけられたんだな。まったく、桜花の横暴ぶりは見るに堪えない。昔からそうなんだ」

機嫌よく言う清雅だが、藍は怯えて聞いていなかった。全身が縛られたかのように動けず、もがくこともできない。逃げたいのに逃げられない。

鬼は怖い。あの桜花を土下座させた鬼のトップである。なにをされるか分からない。

そんな藍の怯えに気づく素振りがない清雅は屋敷の門をくぐる。

豪奢《ごうしゃ》な黒い門と同じく漆黒の壁で造られた大きな日本家屋、庭には蓮《はす》が浮かぶ大池から長く続く小川があり、庭木も美しく手入れされている。碧月家とはまた違う趣があるが、そんな景色を見ていられる場合ではない。

清雅は藍を抱いたまま玄関に立った。すぐに扉が開き、規則正しく整列した使用人たちに迎えられる。

「お帰りなさいませ、清雅様」

使用人たちはフォーマルな洋装で清雅に深く礼をする。清雅は慣れたように気前よく「あぁ、ただいま」と彼らに声をかけた。すると、先頭に立っていた黒い和服姿の青年が口を開く。

「おや、なんだか上機嫌ですね。碧月家へ行く前はとても不機嫌だったのに」

上品そうなチェーン付きの丸眼鏡をかけて鋭い目つきをしている彼は、その甘いルックスのおかげで清雅よりもやや幼く見える。年の頃は十代後半くらいか。

またその横には、青年とそっくりな顔立ちの少女がじっと静かに藍を見つめていた。どちらも同じ黒いショートヘアでまるで双子のよう。

「静瑠《しずる》、沢胡《さわこ》」

「はい」

双子のようなふたり——静瑠と呼ばれた青年と、沢胡と呼ばれた少女が同時に進み出る。清雅はふたりに威厳のある声音で藍を紹介した。

「これは碧月藍。俺の花嫁だ」

「なんとまぁ、ついに清雅様もお心をお決めになったのですね。あれほど『花嫁などいらん』と、ぐずっておられたのに」

沢胡が感心げに言うがひと言余計だった。それでも清雅はたしなめず平然としている。静瑠は眼鏡のズレを正しながら藍をじっくり観察しており、藍は顔を俯け、彼らから隠れようとした。

「これはこれは、なんと可愛らしい」と静瑠が褒めれば、「しかし碧月の娘って」と沢胡が顔をしかめる。

「あの桜花の妹ですか？　まさか本当に碧月家に隠し子がいたとは」

「いいや、桜花の姉に当たるそうだ。桜花にひどく痛めつけられて怯えている」

清雅は近づくふたりから離れようと前へ進んだ。しかし静瑠と沢胡はぴったりとくっついてくる。

「それはそれは、実に気の毒ですね」

静瑠が言うと沢胡もうんうんと頷き、嫌悪感を口元に浮かばせる。

「あの女、私たちと同い年ですが、近年稀に見るほどの悪女鬼《あくじょおに》ですよ。とにかく性悪なんです。学友たちもどれだけいじめられてきたか。花嫁様に同情いたします」

すると静瑠がうんうんと頷く。そんなふたりの言葉を聞く清雅はまっすぐ廊下を歩きながら、ふと沢胡に目を向けた。

「では、沢胡。藍の世話を頼んでもいいか？」

「はっ、なんなりと！」

沢胡はやる気に満ちた声でぐっと近づいた。これには清雅も引いた顔をして沢胡から距離を取る。

「近い」

「あ、申し訳ありません」

沢胡は無表情のままあっけらかんと謝罪した。

それから清雅はふたりの使用人を伴ったまま、長く続く廊下を抜けて大きなふすまの前で止まった。心得たように静瑠がふすまを開けると、中は碧月家で与えられていた部屋とは違い、漆喰《しっくい》の柱がしっかりとした広い部屋だった。

深い紺青の絨毯《じゅうたん》が敷き詰められ、障子もキラキラとした銀箔があしらわれた和紙がしっかり貼られている。和室ではあるものの箪笥《たんす》や机、椅子、ソファ、テーブルなど洋風な調度品が置いてあり、どれも高級そうなものばかり。そのすべてが黒と青に統一されて落ち着いた雰囲気だった。

「こちらが花嫁様のお部屋です」

静瑠が恭しく言う。清雅は満足そうに「うん」と頷くと藍を部屋の中心まで運び、まるで生まれたばかりの小鳥を置くように絨毯の上に下ろした。

「藍、今日はゆっくりと体を休めろ。明日落ち着いたら話そう。それまでは沢胡に用事を頼むといい」

その言葉を藍はまともに聞いていなかった。それでも清雅は構わず部屋を出ると廊下にいる沢胡になにかを命じ、静瑠とともにその場を去る。

「さて、花嫁様」

それまで清雅に一礼していた沢胡がゆっくり面を上げ、藍を見た。その目は爛々《らんらん》と水色に光っており、藍はビクッと肩を震わせる。

「花嫁様、お風呂にしますか、お食事にしますか、それともお着替えなさいますか」

「え、あっ……」

「なんでも申してください。この黒流《こくりゅう》沢胡、全力で花嫁様のお世話をいたします」

「ひ……」

伸びる沢胡の手から逃げ、藍は情けなく口をパクパクさせると結局はなにも言えずに俯いた。

「花嫁様？」

「ひ、ひとりに……して」

やっと出た藍の言葉に沢胡の手が止まる。

「そんな……どうしましょう。私、嫌われるようなことをしてしまったでしょうか」

しかし藍は沢胡の問いに答えず、静かに涙を流した。心が恐怖で縛りつけられ、誰の声も届かない。何度も脳裏によぎるのは桜花の脅す言葉だ。

『あなたはあやかしの子を産むだけの母体。家畜とおんなじなのよ。惨めねぇ』

「とにかく、今はひとりにして……！」

藍の拒絶に、沢胡は素直に従い「承知しました」と静かに部屋を出ていく。

その後、藍はしゃくり上げて泣いた。

＊＊＊

清雅は自室で浴衣に着替えていた。寝室では静瑠が布団の準備をしている。

本来、今宵の碧月家訪問は気乗りしないものだったが、今はいい土産を手に入れ、気に入らない碧月家のしっぽも掴むことができて満足していた。

「いったいどういう心境の変化ですか」

静瑠が訊くと、清雅はもったいぶって笑う。

「俺がなぜ、今まで嫁を取らなかったか分かるか？」

唐突な質問に静瑠は首を傾げ、手を止めた。

「女に興味がなかったのでは」

「あぁ、それはそうだが……他にも理由はあったんだよ」

清雅は仕方なさそうにため息をついた。これに静瑠が思いついたのか「あぁ」とポンと手を打つ。

「探しものをしていたんでしたね。長らく探していたようですが、諦めてしまわれたのです？」

「うーん……まぁ、そっちはもう見つかりそうにもないしな。諦めようと思う。今は藍だ。藍に構ってやらねばならん」

「ほぉ……」

静瑠は興味ありげに頷いたが、清雅が多くを語ろうとしないので深追いしない。

「まさか清雅様が半妖の花嫁をお取りになるとは……これで黒夜家も安泰ですね」

「そうだな。早めに動いて正解だった」

清雅は肘掛け椅子に座り、上げていた前髪を下ろしてあくびした。

そんな静かな夜が更けていく中、ふとふすまの向こうで沢胡の気配がよぎる。

「清雅様、沢胡にございます」

「入れ。どうした？」

ふすまを開ける沢胡は廊下に座り、深々と一礼をすると素早く部屋に入る。兄の静瑠をチラリと一瞥した。

「お兄様は外していただける？」

「なぜだ」

沢胡の言葉に静瑠がすぐさま反応し、妹を睨みつける。

このふたりは正真正銘の双子であり、性格も瓜《うり》ふたつなので一度衝突すればどちらも後に引かない。そんな双子を清雅は呆れて見たが、どうも長くかかりそうなので現し世から取り寄せた本を読むフリをする。

その間、双子は「出ていけ」「なぜだ」の応酬を繰り返していた。

沢胡は言葉足らずなのでどうにも説明不足だ。静瑠の苦労も分からなくはない清雅は、数分経って本をバタンと音を立てて閉じた。

双子がハッとし、ゆっくりと主を見る。

「もういい。沢胡、話せ。なにがあった？」

「あ……はい」

「静瑠を見るな。いないものとして話せ」

沢胡の視線を読むように清雅が言うと、沢胡は不服そうに「はい」と口を開いた。

「その……私、どうやら花嫁様に嫌われておりまして」

「当然だ。お前は減らず口だから、花嫁様も嫌気が差すに決まっている」

すかさず静瑠が口を挟んだので、沢胡の眉がキッと吊《つ》り上がる。

「ほらぁ！　こんなこと言うから兄を追い出したかったんですよ！」

静瑠を睨み、指を差して非難する沢胡。一方の静瑠は肩をすくめ、清雅はうんざりと天井を仰いだ。

「ケンカなら後にしろ」

視線を正面に戻した清雅は、沢胡に凄んでみせるように目を青く光らせた。

双子がようやく姿勢を正し清雅に平伏する。そして沢胡が手早く報告を始めた。

「申し訳ございません。花嫁様は今、お部屋におひとりです。私は追い出されました。どうやら泣いているようでして」

「そうか……藍はずっとそんな様子だった。よほど桜花に傷つけられたんだろう」

清雅は冷静に言い、頬杖《ほおづえ》をついてため息を落とした。

――桜花にはもう少し痛い目を見せてやるべきだったな。

じわじわと湧くのは後悔。

そもそも碧月家とは、当主同士深い親交があるものの、その下の世代には受け継がれていなかった。また当主より上の世代もあまり交流はなかったはずで、現当主だけの絆《きずな》が深い。父、瑞之介に従い、碧月樹太郎の見舞いは欠かさず行っているが、あの気弱そうな当主が桜花を次期当主に推薦したことに納得がいかなかった。

桜花は未熟で、家を束ねる鬼としての自覚が足りない。鬼たるもの常に下の者を従わせるために威厳を持つべきではあるが、恐怖で従わせるなど言語道断、三流以下の行いだ。しかも腹違いとはいえ姉を敬わずぞんざいに扱い、傷めつける所業で桜花の残酷な仕打ちは見るに堪えない。藍も怯えるわけである。

「まぁいい。藍に関しては、これからゆっくり心を開かせるしかないさ」

ひとまず今は藍のことだけを考えようと清雅は決め、苛立ちを抑えた。

そして藍の心を開かせるにはどうしたらいいのだろうと思考を巡らせる。

じっと動かなくなった主の様子を怪訝《けげん》に思ったのか、双子は互いに顔を見合わせて頷き合った。

「清雅様、花嫁様は碧月の者。お近づきの印に植物を贈ってみてはいかがでしょう？」

静瑠がそっと助言する。

「なるほど、それはいい」

そう言うと清雅は庭に面した障子を開け放った。小川がすぐ近くにあり、その手前にあらゆる植物が茂っている。この植物たちはすべて碧月樹太郎から送られたものだ。

これを妖術で摘んで花束を作ろうとしたが、ふと名案が浮かび、指先を振って新緑の葉の繊維をバラした。やがてそれは清雅のイメージどおりに柔らかく編まれ、丸い猫の形に変わる。手のひらに乗せ、命を吹き込むようにフッと息を吹きかけると、両耳の間に一本の小さな角が生えた新緑色の猫鬼《ねこおに》が誕生した。

「にゃあ」

可愛い鳴き声を出し、清雅の手のひらで丸まる子猫。

沢胡と静瑠がよく見ようと背伸びしたが、清雅が振り向くとすぐに居直った。

「明日、こやつを藍に贈る。きっと藍も気に入るだろうさ」

「そうですね」

静瑠がすぐさま賛同し、沢胡は猫鬼の可愛さに見惚《みほ》れたのか激しく頷く。清雅も満足そうに子猫をあやし、机に置いて気を抜いたように笑った。

やがて双子は清雅の就寝準備を整えると、部屋を出て自室に下がっていく。

ひとりになった清雅は部屋をうろつく猫鬼の様子をぼんやり眺めながら藍について考えていた。

半妖の娘を、しかもなんの異能も持たないほぼ人間のような娘を嫁に取る気などまったくなかった。

ただ藍は、言い伝えどおり母体の器としてなら鬼に富をもたらす可能性がある。他の下々の鬼たちが藍へ群がる前に確保しておくのは、一族の頂きを上り詰める自分にこそふさわしい。

また碧月樹太郎にこの話をすれば、彼も藍を黒夜家へ嫁がせることを望んでいるようだった。互いに利害が一致しているらしいので、政略結婚なのだろうか。父親同士で話が進んでいたこともあり、自分の知らぬ間にこの話が出た当初はどうにも気乗りしなかったが、なぜか藍を見ていると言い知れぬ庇護欲《ひごよく》が生まれ、守りたくなった。

それがストレートな感情だ。

その時、猫鬼がタンスの上段にジャンプして転んだ。物音でハッと我に返る清雅は、猫鬼が狙っていたタンスの引き出しを開けた。そこには淡い藍色の縮緬布《ちりめんぬの》で覆った大事なものが保管されている。

「こいつはダメだ。俺の〝宝〟なんだ」

厳密に言えば自分のものではないが。

猫鬼はしきりにその宝を気にしており、また布の中心から放つ気配に違和感を覚えた清雅は布をめくった。そこにある宝が脈打つように光を放っているが、こんなことは今まで一度もなかったので素直に驚く。

清雅は宝にゆっくりと手を伸ばし、縮緬布で覆うと懐に入れた。まるで小鳥の心臓のような小さなぬくもりを感じる。

いつもは冷たく死んだように眠っていたのに、この変化はなんなのか。思考を巡らすまでもなく思い当たる節はあるが、まだ確信はできない。

――少し、試してみるか。

そう思案した清雅はぐずる猫鬼を抱いて床についた。

＊＊＊

――ここはどこだろう。

静かな碧い世界が広がっている。藍は目の前の光景に心地よい温かさを感じていた。とてもゆったりとした時間が流れ、どこからか歌声も聞こえてくる。祭り囃子《ばやし》が近いのか、陽気な太鼓と鈴の音に体が勝手にリズムを刻む。

誰かに抱かれていて、その人物が一定のリズムで揺らしているようで、視線の先に母の優しい笑顔があった。光の中で母に抱かれ、その傍らには同じく優しい笑みを浮かべた青年の姿がある。

――誰？

藍は青年に手を伸ばした。嬉しそうに顔を綻ばせるその人の顔がはっきり見えない。

――でも、すごく温かくて落ち着く……。

いつの間にか眠っていた藍は寒気で目が覚めた。誰も部屋に入った形跡がなくわずかにホッとしたが、自分の物があまりにもなく、知らない家の匂いに寂しさを感じる。

「さっきの夢、なんだったんだろう」

温かくて優しくて、すごく懐かしい――まるで幼い頃の記憶のようだった。

今までそんな夢を見たことは一度もなく、初めての感覚に戸惑う。

しかし、夢はあらゆる記憶が編み出した幻想だ。願望から生み出した幻なのだろうとため息をついて起き上がり、改めて部屋の中を見回した。

これからずっと部屋に閉じこもるわけにもいかないが、このまま鬼の花嫁になるのを黙って認めたくはない。そう思っていた矢先、ふすまの向こうから声がかかった。

「花嫁様、沢胡にございます。起きていらっしゃいますか？」

確か昨日、清雅の横にくっついていた使用人の少女だ。藍は悩んだが、返事をしないのもよくないのでふすまに近づいて「はい」と囁いた。

「起きてらっしゃいましたか！　今日は私、あなた様のお世話をいたしたく！」

パンとふすまを開け放つ沢胡の勢いに、藍は声にならない叫びを上げた。驚きのあまり後ずさるも、かかとが絨毯に引っかかってバランスを崩してしまう。これに沢胡はハッと目を見開き、素早く部屋に入ると藍の背後に回って支えた。

「お怪我はございませんか？」

「あ……は、はい」

「勝手に触れてしまい申し訳ございません。花嫁様、あの、どうかお気を悪くなさらないで」

沢胡の表情は動かないが、声音は真剣そのもの。見た目は普通の女性と変わりなく、目尻の鋭さや白い肌と薄い唇、凛《りん》とした涼やかさがとても美しい。そんな彼女の瞳は人間とは違う水色の瞳孔があり、やはり鬼なのだと感じる。

藍は自力で立ち、沢胡に小さく会釈すると部屋の隅に座った。

「あぁ、お気を悪くされてしまった……どうしよう」

沢胡の独り言が悲しみを帯びるが、藍は恐怖が先行してどうしても彼女と話す気になれない。

「困った。これでは清雅様にお叱りを受けてしまう。今宵の宴までに花嫁様をおめかしさせないとならないのに」

藍はチラリと沢胡を見た。なにもかも初耳で、昨夜自分が話を拒んだせいでもあるのでとやかくは言えない。

すると、藍の足元をなにかがくすぐった。ほのかに立つ爽やかな香りを嗅ぐと、ふくらはぎの裏に緑色の小さな猫がいた。

「にゃあぁん」

角が生えている緑色の子猫が可愛らしい鳴き声で藍に甘える。角はそう鋭くなく、足に当たると少し固さを感じるくらいだった。無邪気な子猫が藍の足によじ登り、顔を近づけてくる。

「にゃっ！」

藍の足から滑り落ちそうになる子猫を慌ててすくい上げた。すると子猫は藍の鼻にピトッと前足を当てるので、その可愛らしい慰めに藍はつい頬を緩めた。

「あなたは、ただの猫じゃないの？」

訊いてみると子猫は首を傾げた。

「それは猫鬼もどきだ」

唐突に部屋の入口から清雅の声が入ってくる。藍は肩を震わせて顔を上げた。涼しげな藍染の着流しをラフにまとった清雅がじっとこちらの様子を眺めている。その横でひざまずく沢胡。藍は子猫を抱いて俯いた。

「俺が植物で作った猫鬼もどき。ただ霊力を鍛えれば本物の猫鬼になれるだろう」

得意げな様子の清雅だが、藍はそのすごさがちっとも分からない。これに清雅はわずかに面食らったのか目をしばたたかせた。

「素晴らしい。実に素晴らしい妖術にございます、清雅様！」

沢胡が慌てて感嘆を漏らすが、空気はあまりよいものではなかった。藍の憂鬱に気づかない清雅ではない。同じくして猫鬼も藍を気遣い「にゃん」と小さく鳴く。

怖くないよ。そう言っているようで藍は恐る恐る顔を上げた。清雅は一定の距離を保ち、藍を優しく見つめている。藍は彼と子猫を交互に見て、ゆっくりと声を発した。

「猫鬼、さん？」

「にゃあん」

「そいつに名前をつけてやってくれ。お前の助けになるだろう」

清雅はそう言うと、さっとその場から立ち去った。藍は「あっ」と呼び止めたが、あまりにも小さくて清雅には聞こえない。お礼が言えなかったと意気消沈する。

「名前か……どうしようかな」

藍は猫鬼を両手で掲げながら呟《つぶや》いた。猫鬼は期待に満ちた顔で待っている。

「猫鬼には階級があり、一本角の猫鬼は〝カツブシ〟の階級と言われます」

横で沢胡がこっそりと耳打ちしてくる。沢胡はいつも唐突に話しかけてくるので藍はいちいち心臓が止まりかけるが、その助言はありがたいと気を取り直して猫鬼に向き合った。

「それじゃあ……そのまんま、カツブシの〝カッちゃん〟にしようかな」

「にゃあん！」

猫鬼は嬉しそうにゴロゴロと喉を鳴らして藍の頬を舐めた。

ザラリとした感触はまさに猫の舌で、ここまで精巧に生き物を産み出す清雅の能力の高さがようやく分かった。カッちゃんの香りはとても爽やかで、匂いを嗅いでいるといくらか気分も落ち着く。

「花嫁様」

横で一緒にしゃがむ沢胡が静かに話しかけてくる。

藍はカッちゃんを抱いたまま「はい」と短く返事した。しかし彼女が口を開く前に「あ、あの」と遮る。

「わたしを〝花嫁様〟って呼ぶの、やめてください」

「どうしてですか？　あなた様は鬼の中の鬼、清雅様の花嫁様ですよ？」

「でも、わたしは……花嫁にはなれません」

「えっ」

沢胡は間の抜けた顔をして時を止めた。

「えぇぇぇぇぇーっ！」

その叫び声は屋敷の中を駆け抜けたが、誰も気にはしなかった。

数時間かけて藍は沢胡からずっと説得されていた。冷静沈着な面立ちの沢胡だが、早口で語る彼女の圧に藍はだんだん慣れてきた。まだ怖い気持ちはあれど、膝の上でくつろぐカッちゃんのおかげで取り乱さずにいられる。

「花嫁様、そう怯えないでくださいませ。ここはもうあなた様の家も同然。好きになさってください」

「で、でも……そう優しく言って、嘘《うそ》を……」

「嘘？　誰が嘘を？　ハッ、まさかあの女ですか？」

沢胡の声が低くなる。つい口を滑らせてしまったと気づいた藍は首を横に振ったが、鋭く察する沢胡はなにやら不気味に頷くと、水色の瞳を光らせて立ち上がった。

「今すぐにあの女の元へ向かって首をへし折ってやる！」

「ま、待って！」

沢胡の怒気に慌てた藍は彼女の足にしがみついた。すぐに沢胡の目が正常に戻り、藍を見やるとしゃがんで目線を合わせてくる。そんな彼女に藍は必死に懇願した。

「お願い！　それだけはやめてください。桜花からどんな恨みを買うか……！」

「そんなの私たち黒夜家にかかれば一網打尽です！」

沢胡が強気に胸を張るが、藍は首を横に振るばかり。潤んだ目を向ければ、沢胡はなぜか息を止めた。そしてなにかに射抜かれたかのように胸を押さえる。

「沢胡、さん？」

「あ、いえ。なんでもありません」

沢胡は恥じらうように顔を伏せると咳払いして気を取り直した。

「承知しました。花嫁様のご命令とあらば」

「そんな大層なものじゃないです。あと、花嫁様と呼ばないで……」

「では、なんとお呼びすれば」

沢胡は困惑を示すようにわずかに眉をひそめる。

「普通に、藍でいいです」

「藍様……承知しました」

〝様〟呼びはやはり慣れないが、藍はひとまず頷いた。

「それでは藍様。おめかししましょう」

「え？」

沢胡の提案はまったく脈絡がないので今度は藍が困惑してしまう。だが沢胡は宣言どおり藍の身なりを整えるべく張り切って洋服タンスを開け放った。

そこには和服から洋服、ドレスまですべて揃っている。どれも高級そうで、藍は自分に釣り合わないと思ってしまう。一方で沢胡は素早く服を選んでは、ああでもないこうでもないと呟いていた。

「清雅様は青がお好きです。それに青いドレスも着物も藍様によくお似合いかと」

藍は俯いたまま無抵抗でいた。カッちゃんがペロッと指を舐めるが、清雅との食事は気乗りしないので憂鬱だ。

それから沢胡にされるがままとなり、藍はあれよあれよという間に真っ青な着物に着替えさせられ、化粧を施された。沢胡の手際のよさに感心するも、口は重たいままで沢胡を褒めることはできない。それでも沢胡は表情を崩さず、藍の手を取ってふすまを開くと部屋を出るように促した。

「さぁ、藍様、参りましょう」

半ば強制である。そんな不満は口が裂けても言えない。

廊下を歩けば使用人たちが皆一様に頭を垂れるが、藍は俯き加減に歩いていた。肩にはカッちゃんが乗っており、首元に柔らかい頭をこすりつけてスリスリしてくる。そのおかげで足は震えずにいられた。

やがて沢胡の案内で大広間へ通される。そこには宴会の準備が万端であり、部屋の最奥にはすでに清雅が待っていた。

「おぉ、来たか」

清雅が腰を浮かせたが、藍の出で立ちに息をのむように動きを止める。

「ほう、見事だ」

ポロッと出た彼の言葉に藍はわずかに目線を上げた。清雅は咳払いして取り繕う。沢胡の目論見どおり藍の出で立ちは清雅の心を射止めたらしい。

目が覚めるような鮮やかな青地の着物はあじさいの花があしらわれており、ところどころ銀色の刺繍《ししゅう》が施されている。帯は群青色で麻の文様がうっすらと見えるもので、帯留めはシンプルなダイヤ型の真ん中に翡翠《ひすい》がはめ込まれていた。

長い髪の毛はあえて結わず、左耳の上に銀で精巧に作られた花のかんざしを差している。薄化粧で透明感を演出した藍の儚《はかな》げな姿には清雅も目をしばたたかせるばかりだった。

「沢胡、でかした」

清雅の賛辞に沢胡はまんざらでもなさそうに深々とお辞儀すると、藍に目配せした。

「藍様、あちらへ」

そう言って清雅の隣を示す。藍は戸惑うも抗うことはできず、仕方なく清雅の隣の座布団へストンと座った。

「さぁ、今宵は宴だ」

清雅の号令とともに、控えていた使用人たちが一斉に広間へ食事を運んできた。魚の活き造りをはじめとする多くの料理が膳に乗せられて運び込まれ、広間はあっという間にいい匂いで充満する。

隠り世に来てここまでのもてなしを受けたことがない藍は、目を丸くして呆気にとられた。

「どうだ、藍。お前のために用意したんだ」

清雅が機嫌よく言う。藍はしげしげと彼を見て、また料理を見つめた。肩に乗ったカッちゃんは「にゃああん！」と大きく鳴き、ぴょんと畳の上に降りていくと、沢胡が用意した猫用の器に盛られたカツブシねこまんまをガツガツ食べ始めた。

「藍もあいつのように遠慮せず食え」

カッちゃんの様子をじっと見ていたら清雅が笑う。

藍はひとまず目の前の膳に置かれた五種の小鉢のひとつを取った。揚げ浸しの野菜と肉がゴロゴロと入ったそれは、なんだか現し世のナスとピーマン、豚肉に思える。

他に山芋とつくねを焼いたもの、上品な生姜《しょうが》の甘酢漬け、酒粕《さけかす》とチーズが入った白和え、お造りは鯛《たい》とマグロ、イカ、海老、大根のツマが乗せられた舟盛りで、さらに並べられる料理も和洋さまざまある。

湯剝きトマトのコンソメジュレ、ステーキ、いなり寿司、季節の野菜の天ぷら、茶《ちゃ》碗《わん》蒸し、ポタージュスープなど豪華なものの懐かしい食材ばかりが使われた料理の数々に、藍はわずかに心が踊った。

「これ……」

「あぁ、お前の故郷のものを使って作らせた。現し世ではそういうものを食べていたんだろう？　俺もよく現し世へ行くから多少は馴染みがある」

そうして彼はマグロの刺し身を食べた。うまそうに食べる彼の喉がこくんと動き、藍はつられるように唾をのんだ。

小鉢に箸を入れ、小さくとって口に運ぶ。広がる甘みとほどよいしょっぱさ、ふわふわと柔らかいナスの食感、ピーマンの苦み、しっかりとした肉の弾力を味わい、食べる手が止まらなくなる。

白和えや湯剥きトマトは味付けに負けず素材の味がしっかりしていて最高に美味だ。

「おいしい……」

「それはよかった。さぁ、もっと食え。お前は細すぎる。しっかり食べて精をつけろ」

清雅は満足そうに言うと盃《さかずき》の酒を飲んだ。

藍は刺し身に手を伸ばし、ゆっくりと噛《か》みしめる。現し世でもこんなに鮮度が高く脂ののった魚は食べたことがない。それからいなり寿司に手を伸ばしたが、ふと手を止める。

「どうした？」

それまで夢中で食事をしていた藍が止まったので、清雅が不審に思ったのか訊く。

藍は首を横に振って、いなり寿司を手に取りひと口食べた。

ふっくらとした米からほのかに立つ甘酢。いなり揚げの甘みが噛むたびにじゅわっと口いっぱいに広がる。素朴な味わいで、とても懐かしくて――。

藍は目を伏せた。清雅が顔を覗《のぞ》き込んでくる。

「藍？　泣いてるのか？」

藍は目元を拭った。

「泣くほどまずいのか？」

困ったような口調の清雅に、藍は小さく笑った。

「いいえ……これは、お母さんの味です」

小さい頃、ごちそうと言えばいなり寿司だった。小学校の入学式、卒業式、テストで百点を取った時、母の給料日にもいなり寿司が出てくる。どうして祝い事にいなり寿司を出すのか聞いたら、母は優しく笑ってこう答えた。

『藍が一番好きなものだからね』

「そう、わたしが一番好きなものだから……お母さんは、いつも……」

すでに食べる手を止め、藍は静かに涙を流した。それを清雅がそっと指ですくってくれる。

「藍、お前の母君のことは聞いた。気の毒だった」

「……はい」

「悲しい時は素直に泣いていい。ただ、あまり泣いてばかりだと……」

清雅は少し言いよどんだ。

彼の顔を見ると黒い目が青く光っている。その優しい光で藍の涙が引っ込み、吸い寄せられるようにじっと見つめてしまった。

「キレイ……」

つい声に出してしまいハッと口に手を当てると、清雅の目が黒に戻り、藍の頬を撫《な》でながらフッと笑う。

「俺が？」

「あ、えっと、その、あなたの目が」

「それは初めて言われた」

清雅はクスッと品よく笑うと、藍の頬から耳に触れた。恥ずかしくて照れてしまう藍は顔を俯けたが、それを許さない清雅の手が顎をクイッと優しく持ち上げる。

「キレイなのはお前だ、藍」

「そんな……」

藍は目を潤ませた。清雅の瞳に吸い込まれそうで怖い。それに自分は胸を張れるほどキレイではない。そんな卑屈な思いがよぎってしまい、目を泳がせる。

すると、唐突に清雅が視線を外した。

「……お前たち、盗み見するんじゃない」

広間で給仕をしている者、食事を運ぶ者、皿を片付ける者すべての使用人たちが息をのんでピタリと静止する。

清雅が藍から手を離したので、使用人たちは一斉に広間を出ていくが、彼らはなんとも浮ついた様子で黄色い声をあげながら話していた。

「おしゃべりなやつらめ。俺が女をもてなすのが初めてだから浮かれてるんだ」

「そうなんですね」

藍は顔を伏せて相槌《あいづち》を打った。頬から耳、それから全身へと熱が回っていく。恥ずかしいのに心が浮くような気分になり、どうにも自分の感情が分からない。

それからしばらく食事を楽しみ、カッちゃんがゲップをして寝息を立て始めた頃、ゆるやかに宴はお開きになった。

「藍、今日は顔を合わせられてよかった」

清雅は藍の手を引き、部屋まで送ってくれる。その優しさに藍はついつい心を許してしまいそうになる。

「お前の好きなものも知れたし、楽しい夜だった。ありがとう」

清雅から出る感謝の言葉に藍は首を傾げた。

「わたしは、とくになにも……」

困惑しつつも温かい言葉に触れて心がむずがゆくなった。

「正直言うと、お前は今夜顔を見せてくれないと思ってたんだ。俺を怖がっているようだからな」

清雅はいたずらっぽく小さく笑う。ほんのわずかに親しみやすさを覚えた藍はチラリと目線だけ上げた。

──彼は、もしかしたらいい人なのかも……ううん、鬼よ。彼は鬼なのよ。

ほだされそうになる心を律しようと頭の中で言い聞かせると、桜花からの裏切りとその後のことがフラッシュバックし、すぐに下を向いた。

鬼は怖い。それを忘れてはいけない。自分の身は自分で守らなくては。

「おやすみ、藍」

部屋につくと、清雅はわずかに気遣うように藍の顔を覗き込んだ。

「そう俯くな。そんなに俺が信じられないか？」

心を見透かされるような言葉に藍は顔を上げた。困ったように唇を噛み、なにも答えられない。

そんな藍を愛しそうに見つめる清雅は甘く優しい声音で鼓膜をくすぐった。

「大丈夫だ。俺はお前を裏切らない。愛してやる」

──どうしてそんなふうに言ってくれるの？　わたしのことよく知りもしないのに……。

信じたいけど、まだ信じられない。藍の心はそうたやすく開くことはできなかった。

部屋に入るとすでに布団が敷かれ、就寝準備が万端だった。

「藍様」

いつの間にか部屋のふすまの前に沢胡がいる。

「お召し物を替えましょう」

「あ……でも、わたし……」

ひとりになりたい。しかし着物は慣れず、どこからほどけばいいのか分からない藍は言いよどむうちに降参した。ガックリと肩を落とし、懐に入れていたカッちゃんを布団に下ろして沢胡を見る。

「お、お願いします」

「はい！」

沢胡の顔が心なしか綻んだ。彼女は素早く着物を剥がすとキレイな浴衣を差し出す。

「できれば、普通のパジャマがいいんですけど……」

「ぱじゃま、ですか……」

沢胡は差し出す浴衣を引っ込め、首を傾げる。

「それに着替えも自分でやりたいです。だから、ひとりでも着られるような服が……」

そこまで言って藍はすぐに口をつぐんだ。

物をねだるなんて厚かましいにも程がある。そんな自分が嫌になり、また桜花の言葉も脳内で響くようで気分が滅入ってくる。

すると、沢胡が藍の手をゆっくりと優しく包んだ。

「藍様、あなたはこの家の主となるお方。遠慮は無用にございますよ」

彼女の優しいぬくもりが伝わってくる。この黒夜家はどうも自分を大事に扱ってくれるが、いつ本性を現されるか分からないので警戒心は拭えない。そんな藍の心情もつゆ知らず、沢胡はさらにぐっと顔を近づけた。

「あなた様は特別なお方です。この隠り世で半妖のお嬢様はあなただけ。それがどんなに特別で尊いことか」

「わたしが、特別……？」

「そうです。半妖はあやかしと人間、ふたつの血を継ぐもの。あやかしは人間の信仰によって生み出されたとされていますが、今となっては御伽噺《おとぎばなし》です。それでも残り続ける言い伝えには、あやかしを視る力を持つ人間は並の人間より霊力が強く、あやかしにとっても特別だということです」

沢胡はスラスラと早口で語った。藍は襦袢《じゅばん》姿でその話を聞いている。主が薄着であるのも構わず沢胡は語る口を止めない。

「男でも女でも霊力の強い人間はあやかしにとって恩恵をもたらすものです。そうしてあやかしと人間が交わり、生まれたお子はさらに強い霊力を持つと言われます。あなた様はあやかしと人間のお子ですから、当然特別で尊い存在なのです」

桜花の説明だけでは足りない部分がやっと補われた気がし、藍はなるほどと胸の内で納得した。しかし、自分に強い霊力が宿っている気はせず、どうにも釈然としない。

「わたしは、きっと出来損ないよ……だからお父さんもわたしたちを捨てたのよ」

小さく呟くと沢胡が眉をひそめる。なんと慰めたらいいか分からないといった様子で、それまで饒舌《じょうぜつ》だった沢胡の口が完全に閉じてしまった。藍は慌てて取り繕う。

「あ、ごめんなさい、変なことを言って。でも、そうだと思います。わたしにはなんの力もないから」

「そう、ですか……」

沢胡はゆっくりと手を離した。そして、なんだかガッカリしたように藍の着替えを完了させる。

結局浴衣をまとった藍は、下がる沢胡に「ありがとうございます」と小声をかけた。同時に清雅にまた礼を伝えそびれたことを思い出す。

「おやすみなさいませ」

沢胡は伏し目がちに、しずしずとふすまを閉めた。

翌日、藍が目を覚ますと頭にカッちゃんが乗っていた。「にゃあぁ」と元気に朝の挨拶をしてくれる。

「おはよう、カッちゃん」

「にゃあ」

話しかけるとちゃんと応えてくれるカッちゃんの可愛さに癒やされる。久しぶりに心から笑うことができ、藍はカッちゃんを抱いてふすまを開けた。すると、部屋の前に沢胡がいた。

「おはようございます、藍様」

「きゃあああっ！」

驚きのあまり思わず声をあげると、抱いていたカッちゃんがびっくりして毛を逆立たせる。沢胡も目を丸くして後ずさった。

「な、何事ですか！」

「それはこっちのセリフです！」

――開けてすぐその場にいたら、誰だってびっくりする！

すると、廊下の奥から呆れたようなため息が聞こえてきた。

「沢胡、やはりお前は花嫁様に嫌われているじゃないか」

冷たく光るメタルフレームの丸眼鏡をかけた静瑠が、うっすらと愉快そうな笑みを浮かべてやってくる。これに沢胡は腕を組んで睨みつけた。

「あーら、お兄様。ご機嫌麗しゅう」

低い声にはご機嫌も麗しさもない。そんな沢胡の威圧的な声にも静瑠は動じず、藍の方をまっすぐ見つめると一礼した。

「花嫁様、清雅様がお呼びです」

「えっ……」

藍はその場に固まった。これに静瑠は首を傾げ、沢胡はため息をつく。

「〝藍〟様は今お起きになられたばかりよ。清雅様のご命令だとしても、そんなすぐには行けないわ」

やけに『藍』の部分を強調する沢胡は、いかに自分が藍から信用を得ているかを見せつけるようだったが、藍がまだそこまで心を開いているわけではないことには気づいていなかった。しかし沢胡のこの態度は静瑠には効いたらしく、「そうですか……」と無表情のまま踵《きびす》を返す。

「さ、藍様。お着替えいたしましょう。今日もとびきりめかし込むのです」

沢胡は部屋に入るとピシャリとふすまを閉めた。

朝餉《あさげ》のお預けを食らったカッちゃんが「にゃあああ」と鳴き、柱に爪を立てても沢胡は藍の着替えを楽しむ。

一方、藍は沢胡の世話に慣れてきていた。それよりも気がかりなのは清雅からの呼び出しだ。

今日は和服ではなくワンピースを着ることにしたので、沢胡は藍の化粧や髪型のセットを行った。

ひとりでは行き届かないところを手伝ってもらうのは助かるが、できればこれもひとりでこなせるようになりたい藍は沢胡の手の動きを必死に追いかける。しかし、沢胡の慣れた手つきに目を追うのは難しく、まばたきをしたら一瞬で髪の毛がキレイに整えられていた。

──全然見えなかった……。

藍はぽかんとしたまま自分の鏡を見つめるばかり。今日は長い髪をひとつの三つ編みに結った髪型で、清楚《せいそ》な紺色のフレアワンピースによく似合っている。

「それでは参りましょうか」

支度が整い、沢胡がふすまを開ける。藍はふてくされているカッちゃんを抱き、後についていった。

連れていかれたのは昨夜の宴会場より狭い部屋だが、藍が住んでいたアパートよりは広々とした空間である。中にはシックな黒いテーブルと椅子があり、清雅がテーブルの最奥に座って待っている。彼の横には静瑠が立っていた。

「あぁ、藍。おはよう」

「お、おはようございます……」

「そうかしこまるな。ここにかけろ、さぁ」

清雅が傍らの椅子を引いて呼び寄せるので藍は素直に従い、沢胡に椅子を引いてもらいながら席についた。

「朝食を一緒に食べようと思ったんだ」

そう言うと同時に使用人たちが食事を運んでくる。ちゃんとカッちゃん用の食事もあり、カッちゃんはぴょんと藍の腕から飛ぶと食事にありついた。

その様子を目で追いかける藍は清雅の顔を見られない。藍の視線が子猫にばかり向いているので、清雅はつまらなそうに藍の顎を掴んだ。

「こっちを見ろ」

無理やり視線を合わせられ、戸惑いと恐怖が胸中を占める。これに気づいたのか清雅はバツが悪そうにすぐ手を離した。

「すまない。お前はまだ俺を信用できないんだったな」

「あっ……ご、ごめんなさい」

「そう謝るな。悪いと思ってるなら俺のことを信じてくれ」

まっすぐな視線を受け、藍はゆっくりと彼の目を見た。清雅も藍をじっと見つめている。なにも言わないので藍は戸惑ったまま彼を見続けた。すると、ふいに清雅が「ふふっ」と笑う。

「え？」

「いや、睨めっこをしたのは子供の時以来だと思ってな」

清雅の言葉に藍は面食らって目をしばたたかせた。そしてなんだか妙におかしくなり、口元に手を当てて小さく笑う。

「やっと笑ったな」

清雅は満足げに目を細め、藍の髪を愛しそうに撫でた。その甘やかな仕草に藍は恥ずかしくなり俯く。

やがて清雅は藍の髪から手を離し、静瑠に咳払いをした。

「例のものを」

そう告げると、静瑠は持っていたものを清雅に差し出す。それを清雅は受け取ってすぐ藍に渡した。

「昨日、沢胡から聞いた。こういうものが欲しかったんだろう？」

清雅が持つのは白い紙袋だった。シンプルなロゴは現し世のものだとすぐに分かり、藍は恐る恐る受け取った。

清雅が開けろと目配せするので、紙袋のものを出した。サラサラと滑らかな布であしらわれた水色のパジャマが出てくる。他にもネグリジェや可愛いモコモコの部屋着まで入っていた。

「ひとりでできることはひとりで、だったな。お前がそうしたいならそうすればいい。

でも、助けてほしい時は隠さず言うんだ。いいな？」

清雅は呆気にとられる藍に微笑み、思い出したように続ける。

「あぁ、それと、これをお前に」

懐から出すのは縮緬布だった。彼は長い指で布を丁寧に広げ、薄く色づいた碧色の丸い石を見せる。

「これは……？」

藍は紙袋のものを脇に置き、石に触れた。清雅はなんだか試すような目をしている。

「宝玉だ。まぁ、それの使い道はいずれ分かるさ。なるべく肌身離さず持っておけ」

藍は困惑気味に宝玉をつまんだ。にごりのある石は彼が懐に入れていたからか、うっすらとぬくもりを持っている。

「あ、ありがとうございます……？」

清雅は含むように「うん」と頷いて藍から視線を外す。そして使用人たちに目配せし、食事を運ばせた。

今朝も食材は現し世のものを使った料理で、白米に吸い物、佃煮《つくだに》やおひたしなどの小鉢、あつあつの湯豆腐や魚の塩焼き、煮物なんかも揃っている。どれも上品な味付けで大変美味であり、五臓六腑に染み渡るよう。煮物はにんじんやしいたけの飾り切りが施されており、鬼たちの器用さに感心する。

碧月家の食事も服、調度品もそうだったが、鬼童丸一族の五家は相当に位が高く、現し世の上流階級に当たるのだろう。

そんな鬼たちの中でももっとも気高いとされる清雅の花嫁になったというのは、確かに鬼からしたら最大の誉れなのだろうが、藍はどうにも釈然としない。なぜ自分なんかが、と思うばかりでせっかくの食事もだんだん味がしなくなってきた。

そんな藍の様子を清雅は時たま窺い、さっさと食事を済ませてはじっと見てくる。

――食べにくいよ……。

心の声をしっかり隠し、藍は俯き加減に食べた。

「藍」

ちょうど口のものを飲み込んだ後、清雅が急に呼びかける。

「はいっ」

裏返った声で返事すると、清雅は愉快そうに笑いながら言った。

「今日は天気もいいし、散歩にでも出ようか。隠り世を案内してやる」

「い、一緒に出かけるんですか？」

「嫌か？」

藍は困惑した。なんと答えるのが正解だろうと迷っていると、清雅は頬杖をつく。

「藍、俺たちはじきに夫婦だ。そのために互いのことを知らねばならん。そうでなければお前はいつまで経っても俺を怖がる。俺だって、そう怯えられるとどうしたらいいか分からない」

「あ、はい……」

確かにこれから一生一緒に過ごすのならば互いを知らなければいけないだろう。あの恐ろしい家から連れ出してくれた恩はあるが、それでも鬼の花嫁になるという決心がまだつかない。やはり藍は押し黙った。

「……まただんまりか」

清雅が呆れたように鼻で笑う。藍はパッと顔を上げ、思わず乞うように彼を見た。

「あ、あの」

「ん？」

「お出かけは、行きます。でもわたし、まだ怖くて……」

うまく言葉が紡げない。目は泳ぎ、声は震えてしまって我ながら情けなくなる。そんな藍の頭に清雅が手を置いた。

「これでも怖いか？」

「えっと……いえ」

清雅の声音も手もまなざしも優しい。だから信じたい。でも、この優しさが豹変《ひょうへん》した時を考えるとやはり恐ろしい。藍は彼の手をとっさに握った。

「あの、約束してください」

「なんだ？」

「わたしに嘘をつかないでください」

声を絞り出すように言う。そんな藍の小さな勇気を、清雅はしっかりと受け止めるように手を重ねた。

「あぁ、もちろん。俺はお前に嘘はつかない。藍が嫌がるなら無理強いもしないし、求めればなんでも与える。だから、お前は俺にすべてを委ねろ」

その力強い言葉に藍はホッと安堵した。


食事を終えて、出かける支度を整える。外出用に着替えようと言い出す沢胡にワンピースのままでいいと告げると、彼女は渋々、外出用の羽根付き帽子や日傘、手袋などを引っ張り出してああでもないこうでもないと悩んでいた。その間、藍は清雅からもらったばかりの宝玉をワンピースのポケットに忍ばせた。

この隠り世は現し世と同じ梅雨だが今日は白い陽が出ていて、雨は降っていなかった。現し世のねっとりと熱を帯びた気温と湿った冷気の気まぐれな天候ではなく、常に一定の温度でゆったりとした気温であり、植物も生き物も一様に健やかだ。

開け放った障子から見える陽の光を見ていると、気分転換に外へ出るのも悪くないと思えてくる。

「沢胡さん、帽子は派手だからナシにしてもらえますか？」

悩んで腕を組む沢胡にそっとお願いすると、彼女は「はい！」と元気よく応えた。

「でもお肌を守るために傘は差しましょう」

「そうします」

素直に頷くも藍はなんだか照れくさくなって笑った。そんな藍を見た沢胡がなにかに射抜かれたように仰け反り、また苦しそうに胸を押さえる。

「え？　どうしたんですか？」

藍が駆け寄って沢胡に触れると、彼女は「な、なんでもございません！」と恥ずかしそうに顔を覆った。しかし藍の心配そうな顔を見てか、沢胡は言いにくそうに口を開く。

「あぁ、ダメだわ。無理です。沢胡、もう我慢ができません！」

「え？」

意味が分からず首を傾げると、沢胡は頬を赤らめて藍を見た。

「藍様が可愛すぎてっ……私、もうずっと耐えられないんです！」

「えぇ？」

とんでもない発言に藍は思わず後ずさった。

自動で動くという華美な牛車に乗せられ、藍は清雅と向き合って座った。その横に双子も座るのだが沢胡は終始、顔を俯けていたので、不審に思った静瑠と清雅が同時に口を開いた。

「沢胡は」

「いったいどうしたんだ？」

「えっと、それが……」

藍はどう説明したらいいか分からずオロオロとするばかりで、当の沢胡がもごもごと白状し始めた。

「清雅様、お許しください。私、藍様に『可愛い』と言ってしまいましたっ！」

「藍は可愛いから当然だろう。なにも間違ってない」

清雅がキョトンとするので、その流れ弾に当たった藍も顔から火が出そうになった。

「ほら、こういうところが可愛いんですよ！　藍様を見ているとこう、絶対に守りたいという使命感が働くのです。どうしてでしょう？　私、こんな感情初めてです！」

沢胡は恥ずかしげもなく叫び、これに静瑠が引いた目つきをする。

「どうかしてるぞ、お前」

「お兄様だって藍様をお世話したら分かるわよ」

てくる。

静瑠は腕を組み、藍をじっと静かに見つめた。そんな彼の視線を直視することは当然できず、藍は手で顔を覆っていた。すかさず清雅が藍を守るように双子の間に入ってくる。

「ふーん？」

「コラ、ふたりともよさないか。藍は俺のものだ」

「別に清雅様の花嫁様を奪う気などありませんよ。どこの命知らずですか」

静瑠が呆れたようにたしなめる。主に対してふてぶてしいが、清雅は気に留めず穏やかに跳ね返す。

「命知らずはお前だ。そんな毒舌を俺に放つのはお前くらいだぞ、静瑠」

これに静瑠は困り眉になり、黙り込んだ。

その様子を藍は指の隙間からチラリと見ながら、なんだか沢胡と静瑠はそっくりだと思った。視線に気づいた清雅が居住まいを正し、咳払いする。

「あぁ、そういえばきちんと紹介をしていなかったな。沢胡はもういいだろうが、この黒流静瑠は沢胡の双子の兄。どちらも藍のひとつ年下だ。黒夜家の分家筋に当たり、今はふたりとも学校に通いながら俺の使用人として働いている」

その紹介に静瑠がペコリと頭を下げた。藍もつられてお辞儀し、清雅が話を続ける。

「さっきも見ていたとおり、この双子は傍若無人で毒舌が過ぎるんだが……まぁ、俺

しまう」

「清雅様は見かけによらず、結構甘いですね」

静瑠がバッサリと言うと、沢胡も調子を合わせるように口を開く。

「怒ると怖いですが、本気で怒りませんしね。使用人に対してもそうです。そこらの鬼とは懐の深さが違いますけど、それを侮る者もおりますゆえ、お気をつけをと何度も注意しております」

「最後のは余計だな。まぁそういうことだ。周囲には冷徹だの冷酷だの言われるが、それは鬼の本質でもある。しかし鬼の頭領たるもの何事にも動じず粋であらねばならない」

清雅は双子たちの言葉に不服そうだ。しかしこの気安く話せる間柄というのが黒夜家の雰囲気を作っているのだとはっきり分かる。

碧月家とは比べ物にならないほど平和な環境だ。藍はふと歯朶野をはじめとする碧月家の使用人たちを思い出した。

「歯朶野さんたちも清雅さんの元にいたら幸せだったかもしれないのに」

つい口に出すと清雅たちの目が一斉に藍に注目した。視線が集まると落ち着かなくなるので、藍は目のやり場に困りオドオドとする。

「藍は優しいな」

清雅が藍の頭を撫でる。彼に触れられると、藍はどうしてか心臓がドキドキするのだった。緊張のあまり目を伏せると清雅が顔を覗き込んでくる。

「そう恥ずかしがることはないだろ」

「いえ、えーっと、その……優しい、のでしょうか、わたしは」

彼の顔が視界に入ってさらに頭が真っ白になり、言葉がつっかえる。それに構わず清雅は呆れたように笑った。

「なにを言ってるんだ。他者を思うその心は優しくて美しい。もっと誇るべきだ。お前が誇らないなら俺が皆に触れ回ってやりたいくらいだ」

「そんな、大げさな」

清雅の冗談めかした口調に藍は驚きつつ口元を緩ませた。

「また笑ってくれた」

清雅が藍の頬に触れる。硬い指先がゆっくり肌を滑り、藍は戸惑いながら顔を上げた。清雅と目が合う。

「藍、お前の笑顔をもっと見せてくれ。そのほうが百倍いいし、俺も嬉しい」

しかし、そう言われてもすぐには笑えない。いくらか恐怖は薄れているもののまだ心は許していない。そんな自分をふがいなく感じ、ぎこちなく表情を強張らせていく。

藍の憂いを感じたのか清雅は手を離し、困ったように肩をすくめた。

静瑠と沢胡は空気を読んで外を見やっている。

「あ、そろそろ着きますよ」

静瑠が声をかけたので、清雅も彼らと一緒になって「どれどれ」と言いながらすだれをめくって外を見た。藍も沢胡の横から顔を出す。

「藍、ここが黒夜家の『清流翠滝《すいろう》』だ」

そこは白と水色の飛沫が舞う大きな滝だった。遠くからでも滝の雄大さを一望でき、水の強い力を肌で感じられる。周囲には緑が生い茂り、青紅葉が風に舞う翡翠色の幻想的な風景に藍は一気に目を奪われた。

「すごい……キレイ」

「ここは黒夜家が所有する霊力を持った滝でございます」

静瑠が淡々と説明する。やがて車が止まり、先に双子が降りると清雅も降りようとすだれの外に出た。

「藍、気をつけて降りろ」

清雅が差し伸べる手を、藍は一瞬迷いながらもそっと取った。沢胡が藍の横に立ち、日傘を差す。その横には清雅が藍の手を引いて歩く。彼に導かれるまま藍は幻想的な翡翠色の中へ踏み込んだ。

しばらく荘厳な景色を眺める。その時間はすべての憂さを忘れることができ、美しい風景はいくら見ても飽きない。心臓に響く滝の音が心地よさを運び、胸に溜まっていた靄《もや》を一掃するように思えた。

いつの間にか双子がなだらかな下流に降り立って涼んでおり、藍はふと清雅に目をやった。

「藍、こっちへ」

清雅が藍を連れて岩場へ向かう。彼は藍の手を引いたまま、なにかを調べるように滝壺《つぼ》を覗き込んだ。

「今日も正常だ。こうして定期的に確認しないといけないんだ。水が濁ったらよくないからな」

そう満足げに言って彼は滝壺に手をかざした。碧く澄んだ水が丸い球体となって浮かび上がってくる。

清雅は水の球を手の上に乗せて藍に向けた。

「これを飲むとお前の霊力も強くなるはずだ」

藍は素直に手を伸ばし、清雅から水を受け取った。

空中に浮いたままの水に口を近づける。冷たい水を含むとほんのり優しい甘さが口の中に広がり、体内に流れ込んだ。喉を流れる冷たさに驚くも、全身に力がみなぎるような不思議な心地になり、藍はホッとひと息つく。

「おいしいお水です」

「口に合うならよかった。きっと相性がいいんだな」

清雅も心なしか嬉しそうに言う。その優しい顔を見ていると心が彼に傾く気がし、頭もぼうっとしてきた。体の内側が熱い。

「あれ……？」

体の異変に気づく。熱に浮かされたような感覚になり、ふらりと足元が揺れた。

「藍!?」

清雅が慌てて手を伸ばす。足が滑りそうになり、間一髪で清雅が藍を抱きかかえる形で守った。

藍もぼうっとしていた頭が覚め、足元の滝壺に目を落とす。瞬時に井戸に落ちた時の悪夢を思い出し、清雅の胸にしがみついた。

「嫌……怖い……！　助けて！」

「大丈夫だ。落ち着け。大丈夫だから」

清雅は藍をしっかり抱き寄せた。藍は下を見ないようにするため、清雅の胸に顔をうずめる。手が情けなく震え、目を固くつむっていると清雅が嘆息した。

「そうだったな、お前は水が怖いんだった。迂闊《うかつ》なことをした。すまない、藍」

その声が耳に届き、藍はすぐに我に返って彼の気まずそうな顔を見た。なんだか悪いことをしたような気持ちになり首を横に振った。

「いいえ……！　だって、とてもキレイな場所だから……確かに水は怖いけど」

清雅の謝罪を藍は慌てて跳ねのけた。それでも清雅は自分の失態を恥じるように眉をひそめている。

「すまなかった。どうしても藍に俺の大事なものを見せたかったんだ。それにお前とこうして一緒にいられることが嬉しくて、どうやら浮き足立っていたらしい」

そのまっすぐな言葉に藍はドキドキと心臓の高鳴りを感じた。

どうして彼がここまで自分に尽くしてくれるのか分からない。それでも彼の優しさや熱意は伝わってくる。

もう心を閉じずに素直に身を委ねたい。そんな気持ちが芽生え始めても、藍はまだ彼にこの感情を伝えられなかった。

やがて四人は滝壺から離れ、近所にあるという甘味処へ立ち寄ることにした。

その頃には藍の震えも収まっており、清雅の手に引かれるままついていく。滝壺を源泉とした河川に沿って歩いていくと、ポツンと小さな茅葺《かやぶき》屋根の小屋があった。

【甘味処おにましろ】という暖簾《のれん》がかかっており、歴史を感じる趣で、おいしい菓子が置いてあると予感させる店構えだった。

「ごめんください」

静瑠と沢胡が揃って戸を開け、礼儀正しく中へ入ると、その後から清雅と藍が暖簾をくぐった。

中も想像どおりの奥ゆかしさで手狭な座敷と囲炉裏、古い帳簿台があるだけ。オレンジ色のランプが店内を温かく照らしており、甘い香りに満たされている。やがて店主らしき優しげな老女鬼が店の奥から顔を出してきた。

「おやまぁ、黒夜の若様ではありませんか」

「すまないな、急に押しかけて」

清雅が労うように言うと、老女鬼は上品に笑って手を振った。

「いえいえ、この店に足を運んでくださるのは黒夜の旦那様と奥様、それに若様くらいですからねぇ。いつでも大歓迎でございますよ」

そう嬉しそうに言う彼女は四人を座敷へ案内した。清雅と藍が奥に座り、静瑠と沢胡が手前に座って品書きを見せてくる。

一枚の和紙にいくつもの菓子名が並び、餅や饅頭《まんじゅう》、木の実飴《あめ》、茶などが豊富に書かれている。しかしどれも馴染みのない食材ばかりだったので、藍は不安そうに清雅を見やった。

するとと彼は察したように微笑を浮かべながら品書きを取る。

「ここは〝ましろ餅〟がうまいんだ。たんぽぽ茶と一緒に食べるのがいい」

「じゃあ、それでお願いします」

味の想像がまったくつかないので藍は彼に委ねた。清雅も同じものを頼み、双子は揃って木の実飴を頼む。

しばらく待っていると、老女鬼と一緒に猫鬼たちが菓子を運んできた。その猫鬼たちは角が二本生えていて、二足歩行できるようだが猫の手では危なっかしく、双子の木の実飴を慎重に運んでいる。木の実飴は現し世のフルーツ飴と大差なく、杏《あんず》のような木の実に水飴がコーティングされていておいしそうだ。

次に、老女が飲み物と一緒に白い餅の皿を藍たちの前に置いた。飲み物は全員たんぽぽ茶で、湯呑《ゆのみ》に真っ黒な香ばしい茶が入っている。

「どうぞ、ごゆっくり」

老女鬼と猫鬼たちはゆっくりと頭を下げると、店の奥に引っ込んだ。

「さぁ、遠慮は無用だ」

清雅が藍に餅を示す。〝ましろ餅〟というのは真っ白な雪うさぎのようなフォルムでふわふわしており、藍はひと目でそれが碧月家で食べた餅菓子だと思い出した。

「これ……」

「食べてみろ。うまいぞ」

清雅はましろ餅をひと口かじるとたんぽぽ茶を飲んだ。

藍も餅菓子に手を伸ばし、ひと口かじる。生地がしゅわりと柔らかく溶け、甘いカスタード餡が口の中でほろほろとほどけていく。

これをもう一度食べられるとは思わなかった。藍はあの時の感情を一気に蘇《よみがえ》らせ、清雅をまっすぐに見た。

「あなただったんですね……」

目から温かい涙がひと筋流れる。

「お腹が空いて動けなくなったわたしを助けてくれて、このお菓子を贈ってくれて……生きていることを許された気持ちになったんです」

藍はたまらず堰《せき》を切って話した。

そんな藍の様子に清雅は驚いたように目を丸くする。

「あの時、わたしはこの世界で生きていく自信がなくて、絶望していて……あなたに会っても怯えたままのわたしに、あなたはずっと優しくて……やだ、言葉がまとまらない。でも、わたし、すごく嬉しいんです」

するとと清雅は藍の頭を撫でた。

「大げさだな……でも、気に入ってくれたならよかった」

慈愛に満ちた彼の目を見つめ、藍も顔を綻ばせ、涙を拭う。

「ありがとうございます」

藍は心からの微笑みを向けた。

それから、たんぽぽ茶も飲んでみたが濃いコーヒーのような味がし、びっくりした藍は急いでましろ餅を食べた。

そんな様子を和やかに見る清雅たち。

藍は自分の居場所はここなのだとようやく分かった。彼らの優しさを受け入れていく。その時、ポケットに入れていた宝玉が熱を帯び、色づいた。

＊＊＊

一方その頃、桜花は数人の使用人を引き連れて、北方に居を構える白羅家へ向かっていた。牛車の中でイライラと爪を噛みながら藍と清雅への恨みを募らせる。そこには幾ばくかの焦燥を含んでいた。

——許さない。絶対に許さない。

白羅家を訪ねるのには理由がある。魅季の勧めももちろんだったが、白羅家は莫大《ばくだい》な資金を持っており、黒夜家の次に力を持つ家でもあった。

——伯父様に黒夜家へ圧力をかけてもらわなきゃ。藍の立場が私より上になるのは絶対に許さない！

「桜花様、到着いたしました」

使用人の声で桜花はすぐさま車から降りると、大きく立派な洋館の前に立った。ここは母、魅季の実家であり、桜花にとっては第二の故郷のようなものだ。

ほどなくして和服姿の長身の男が出迎えにやってくる。彼は白羅家を象徴する真珠のような白い宝石をジャラジャラ身につけていた。

「おぉ、桜花。遠いところからわざわざよく来たなぁ」

伯父であり現白羅家当主の魑臣《ちおみ》だ。年齢を重ね貫禄《かんろく》が出たとはいえ、甘やかで彫りの深い顔立ちは若い頃に浮名を流した面影を残している。

「魑臣伯父様、お久しゅうございます」

桜花は胸に湧く苛立ちを鎮めて愛想よく挨拶した。伯父は嬉しそうに笑いながら、桜花を館に招き入れる。

「本当に久しぶりだ。聞いたよ、お前が碧月家の当主となったと。樹太郎殿や母は息災か？」

「変わりないです。では、もう他の五家にも私のことは知れ渡っているはずですよね」

「あぁ、そのとおり。これからは当主として碧月家を守っていくんだよ。いいね」

伯父はまるで幼子を相手にするように話すので、桜花は内心で寒気を感じていた。

しかし今はこの伯父を頼るほかなく、精一杯の甘え声を出す。

「ねぇ、伯父様。私、伯父様だけが頼りなんです。実は私、黒夜家からひどい仕打ちを受けて……」

「おぉおぉ、それは可哀想に」

「そうでしょう？　それでお願いがあるんです」

桜花は伯父にすがるように抱きついた。伯父に見えないところで、その目は爛々と薄紅色の光を放っている。

――絶対にあいつらを地の底に叩きつけてやるんだから。

第三章　朧の夢と邪な情念

——碧い景色が広がる。緑の葉が風にたなびくリボンのように視界をよぎり、藍はまた過去の夢を見ているのだと気づいた。

手入れが行き届いたビオトープで駆け回るのは、まだ言葉もよく分からない幼い頃の自分。緑に囲まれて笑い、目についた植物を指して母に訊く。

『これはなに？』

『これはチューリップ』

『これは？』

そうやって次々と指をさすも、母は知らない植物に行き当たると困ったように後ろを振り返って青年に助けを求めた。

『それは鉄線花《てっせんか》』

青年が苦笑を交えながら言葉を紡ぐ。

『てっせんか！』

藍と母は顔を見合わせて、覚えたての花の名を繰り返した。

青年は優しく手を伸ばし、藍を抱える。

『藍』

深く涼やかな声が名を呼び、藍はとても心地よく感じた。笑いかけると彼は藍の頬をつついて笑う。

『藍、愛しい我が娘……』

その口がゆっくりと開く。碧く澄んだ丸い宝玉を授けようとする手によって彼の顔が見えなくなり、藍は目を凝らした。よく見ようと手を伸ばすも――。

「……あ」

手を伸ばした格好のまま目が覚めた。むくりと起き上がり、目をこすりながら夢のことを考える。

「あれは、お父さんなの？　じゃあわたしは隠り世に住んでいたの……？」

でも夢は自分が見たいものを見せる幻。藍は頭を振ってこの可能性を打ち消そうとした。すると、枕元で寝ていたカッちゃんが「くあっ」とあくびをして起きる。

「にゃあん」

「おはよう、カッちゃん。よく眠れた？」

「にゃん！」

カッちゃんの爽やかな香りに癒やされるため抱き上げ、柔らかく繊細な毛に顔をうずめる。透き通るミントのような、それでいてスパイシーなハーブを思わせる香りが鼻腔で混ざり、藍はカッちゃんのお腹を存分に吸った。

「はぁ……落ち着く。この香り、なんだか懐かしくて好きなんだよね」

『ぼくは碧月家の植物だもん！　当然だよ！』

カッちゃんの鳴き声と同時に、藍の耳に幼い男児のような声が届く。キョロキョロと辺りを見回すも、沢胡はいないし男児もいない。

『藍！　ぼくの言葉、分かるの？　こっちだよ！　こっち！』

「え？」

たしたしと頭を叩かれ、藍はカッちゃんを見た。ニパーッと笑うように口を開くカッちゃんが「にゃあ」と嬉しそうに鳴くと同時に、あの男児の声が聞こえる。

『やっぱり聞こえてるね！　嬉しいなぁ！　お話できるね！』

「えぇぇぇぇーっ!?」

思わず驚いてカッちゃんを落とした。「にゃっ」と悲鳴をあげるカッちゃんは、布団の上にべしゃっと潰れる。しかし藍はオロオロと頭を抱え、気にしていられない。

「どうして、カッちゃんの言葉が分かるの!?」

「おや、藍様。どうやら霊力が身についたようですね」

隣から沢胡の声がし、藍はゆっくり右側を見た。いつの間にか沢胡が姿勢よく正座しており、藍は声にならない悲鳴をあげた。

「だ、だからっ！　いきなり現れないでください……！」

「何度もお声がけはいたしましたよ」

沢胡はあっけらかんと言い、布団に寝そべったままのカッちゃんを抱き上げた。

「カッちゃんの言葉がお分かりになったということですよね。まさしく霊力による異能でございますよ」

「異能……わたしに？　沢胡さんにはカッちゃんの言葉が分からないの？」

「はい」

冷静に答える沢胡の顔に偽りは見えない。藍は目をしばたたかせて呆けた。

そういえば先日、清雅に促されるまま黒夜家の清流翠滝の水を飲んだ。霊力が強くなると言っていたが、そのおかげなのだろうか。

「わたし、無能だと思ってたのに……」

するとカッちゃんがブルブルと頭を振って、にゃあにゃあ鳴き始めた。

『藍はもともとこの異能があるの！　ほら、あの宝玉を見て！』

沢胡の手から離れたカッちゃんが藍の机に飛んで訴える。そこには清雅からもらった縮緬布に包まれた宝玉を置いていた。

藍は布団から出て机に向かい、縮緬布をそっと剥ぐ。昨日まで濁っていた宝玉が淡いサファイアのように透き通っていた。淡く色づいた宝玉を手に取ると熱を帯びていて、その温かさを伝って力がみなぎってくるように思える。

『藍の異能は植物とお話することだよ！』

カッちゃんが得意げに胸を張って言うので、藍はカッちゃんの頭を撫でた。

どうして自分はなにも知らないのだろう。母に聞かされていなかったからか。現し世ではその力を発揮することはなく、ただあやかしを視ることだけしかできなかったので、こんな力が眠っていたとは思いもしなかった。

「そうなんだ……知らなかった」

「さっそく清雅様にご報告いたしましょう」

沢胡が勢いよく言うので、藍も力強く頷いた。

身なりを整えて、清雅の元へ沢胡と一緒に早足で向かう。

「清雅様」

沢胡の妖術で屋敷の庭にいる清雅の場所を突き止め、ふたりで庭の小川まで来たら、清雅がパッと振り返った。今日も部屋着である藍染の和服をまとっている。

「おはよう。どうした、ふたりして」

清雅は小川で泳ぐ小魚にエサをやっていたらしく、竹筒に入ったエサを袖に仕舞いながら訊いた。沢胡が前に進み出てさっそく報告する。

「藍様に異能が蘇りました！」

「ほう。あの滝の水が効いたのか。それとも宝玉か」

顎をつまんで思案げに言う清雅。藍は手に持っていた宝玉を見せながら伝えた。

「カッちゃんが宝玉のおかげだと。でも、きっとあの水もわたしに力をもたらしたんだと思います。だって、あの水を飲んだ時、とても熱くてぼうっとして……急に力が湧くようでした」

「なるほど。それで、どんな異能だ？」

「植物とお話できるそうです。だからカッちゃんの言葉も分かるみたいで」

たどたどしく説明すると、清雅は「ほう」と訝しげに頷き、唐突に藍をふわりと抱き上げた。

「やったな、藍！」

屈託なく笑う彼の顔を見下ろす形となり、藍はアワアワと口を動かし顔を赤らめた。バランスを崩しそうになり、清雅の肩に手をつく。

「あ、ごめんなさい……」

「いい。そのましがみついてろ」

「えぇ？」

機嫌がいい清雅の言葉に藍は困惑したものの、言うとおりにした。彼の首に手を回すと自分から抱きしめる格好になり、とても恥ずかしい。

「あぁ、よかった。お前が力を取り戻して」

「え？」

藍は思わず訊き返した。清雅はさらに藍を愛しそうに抱きしめており、感動しているようだった。そんな彼の大げさな喜びようを訝しく思うも、異能が発現した喜びを分かち合うことができて藍も心が弾んでいた。

「清雅さんがそんなに喜んでくれるなんて思いませんでした」

「当然だろう。お前は俺の花嫁で吉兆の印、なにより愛しい唯一の相手。これ以上ない最高の気分だ」

あまりの褒めちぎりように藍は顔が熱くなった。口ごもっていると、清雅が察したように藍の耳元で囁く。

「今、お前はかなり顔が赤いな。恥ずかしがり屋め」

「……っ！」

清雅の冷やかしでますます恥ずかしくなる藍だった。しかし、彼の手に抱かれるのは心地よく、また夢で見た光景を思わせる。

「あ、あの」

「ん？　どうした？」

清雅がすぐに反応する。

藍は「えーっと」と言いよどみながら言葉をゆっくり選んだ。彼は辛抱強く待ってくれるので藍は安心して話をする。

「あの……実は今日、夢を見たんです」

「夢？」

「はい。ただの夢なんですけど、もしかしたらわたしの記憶かもしれないって思うんです」

　すると清雅は藍の顔を見るため、抱いていた体をわずかに離して真剣な瞳を向けた。

「話してみろ」

「えーっと、碧い景色でした。多分、碧月家です。お母さんと知らない男の人がいて、その人がわたしをこうして抱き上げて、笑ってて……きゃっ」

　話をしているうちに、清雅が藍の体をギュッときつく抱きしめたので藍は困惑した。

「ちょ、清雅さん？　どうしたんですか、急に」

「いや……」

　頭上から清雅の低い声が響く。藍は彼の顔をよく見ようと這い出した。それまで機嫌がよかったはずの清雅がなんだかムスッと顔をしかめている。

「藍様、清雅様は妬いているのですよ」

　こっそりと耳打ちするように沢胡が言うが、主にも筒抜けである。不機嫌な彼は沢胡の額を思いきり弾いた。ビシッと恐ろしい音がし、沢胡が声にならない悲鳴を喉の中で震わせ、その場でうずくまる。

　一方、藍は清雅が妬いているという事実に驚いていた。

――彼もこんな顔をするんだ……。

冷徹そうな見た目から意外な一面を知り、藍は思わず彼の胸の中でクスッと笑った。

「なに笑ってるんだ。俺はお前を一番愛してるのにひどいじゃないか」

おどけるように言う清雅だが、一度へそを曲げたらなかなか機嫌が戻らないらしく眉は吊り上がったままだった。

「その男はおそらくお前の父君だ。きっと過去の記憶が蘇ったんだろう。今後もそのような夢を見たらしっかり覚えておくんだぞ。そして……」

しかし、なぜか彼は後を続けずに藍を地面に下ろす。それきりなにも言おうとしないので、藍は素直に頷いた。

「分かりました」

「うん、いい子だ」

清雅は藍の髪を梳《す》くように撫でると踵を返した。

「少し用事があるから出かける。藍、お前は沢胡と一緒に異能の鍛錬に励め。夕刻までには戻るからな」

そう言い残し、彼は屋敷の中へ消える。そんな彼の背中を見つめる藍はわずかに違和感を覚えていた。

――『そして』の後、なにを言おうとしたの……？

彼の心が知りたい。胸の内側でそんな欲が湧いた。

「それじゃあ、清雅さんは水と大地の異能の両方を持つんですか？」

藍は庭で沢胡と、いつの間にかついてきていた静瑠から異能についての説明を受け、ポツリと呟いた。

鬼の異能は個人の特性と先祖の性質が混ざり合い、成長とともに力を蓄え扱うことができるため、鬼の数だけ異能が存在するのだという。

隠り世と現し世がまだひとつであった時代、人が子を成し歴史を作るのと時を同じくして、鬼も血脈を絶やすことなく生きてきた。

ある時代、異能を持った五体の鬼が盃を交わし、鬼童丸一族としての契りを結んだ。黒夜の黒鬼は水を、紅炎の赤鬼は火を、白羅の白鬼は石を、黄錬の黄鬼は大地を、碧月の青鬼は生命をそれぞれ司る異能を持ち、その子孫らも属した異能を発現させた。さらに異なる家の鬼と婚姻を結ぶことで、新たな異能が生み出されてきたのだそうだ。

そして、時は現代。黒夜家の現当主は黄錬家の娘と結婚した。その後、生まれたのが清雅である。

「はい。清雅様のお母上である土萌《ともえ》様は黄錬家が持つ異能の錬成という特性がございまして、清雅様もそちらの異能を受け継がれたようです」

静瑠が淡々と説明し、藍は感心するようにうんうん頷いた。足元ではカッちゃんがゴロゴロと喉を鳴らして言う。

『それでぼくが生まれたのよ』

「そっか。だから清雅さんはカッちゃんを作れたんだ。すごい異能ですね」

「ようやく清雅様のすごさを分かってくださいましたか」

沢胡が藍の手を取り顔を近づけるので、苦笑いして後ずさった。すると静瑠が沢胡を藍から引き剥がして説明を続ける。

「とはいえ、清雅様が得意とするのは水です。水ならなんでも操りますし、雨を降らせることも可能なのです」

だから井戸水で濡れた体から水分を抜くことができたのだろうと藍は思い出しながら納得した。

「藍様は碧月家の半妖ですから、植物の声を聞けるのでしょう。碧月家は生命を司るとされ、多くの鬼が植物に関する異能を持ちます。しかし、今の碧月家当主、樹太郎殿は風雷を操るそうです」

「そうなんですか？」

藍は驚きの声をあげた。静瑠がこくりと頷き、わずかに眉を寄せて記憶をたどるように言う。

「えぇ、碧月家には詳しくありませんが、確か碧月家の先々々代あたりから風雷の異能が生まれたと。その影響で現当主の樹太郎殿も風雷の異能をお持ちだそうです」

「そうなんですか……」

藍は自分の無知さを虚しく感じて俯いた。

父はどんな鬼なのだろう。あの夢の中では愛しそうに藍を見つめていたのに、隠り世へ来てから一度も会ってくれなかったのはなぜなのか。体が弱いという話だが、いったいどんな病に侵されているというのか。

ようやく父についても考えるようになってきたのに、まだ自分の父親という存在に現実味が湧かない。記憶の中では父と仲睦まじそうだったけれど、なぜ自分はその記憶を今まで忘れていたのだろう。

そんなことを考えていると、沢胡が優しく慰めるように言った。

「藍様、これからゆっくり知っていけばいいのですよ」

「あ……うん。そう、ですよね」

つい俯きがちになる自分が情けなくなり、藍は顔を上げてぎこちなく笑う。

「ちなみに、ふたりはどんな異能を？」

気を取り直して訊くと、双子は顔を見合わせた。どちらから披露しようかと推し量るようにソワソワし、しばらく無言でいる。藍は思わず噴き出して静瑠を見た。

「じゃあ、静瑠さんから見せてくれますか？」

　すると、名指しされた静瑠がおもむろに片方の手を藍に向けて広げた。瞬時に彼の手から水がブクブクと湧き出し、溢《あふ》れようとしたところで急激に下から上に向かって凍結する。その氷はどこまでも透き通る美しい結晶のようで、自分でも上出来だと思ったのか静瑠は得意満面に言った。

「私は水を氷に変えたり、水柱を起こしたりすることが可能です」

「まぁ、ありふれた異能です」

　沢胡がそっと付け加えるので、藍は愉快になってクスクス笑う。すぐに静瑠が妹を睨み、藍は空気を読み咳払いして笑いを止めた。

「沢胡さんは？」

「はい。私は……」

　沢胡は小川の水をすくうと自分の顔に水をかけた。その水滴が沢胡の顔を別の者の顔へと変えていく。みるみるうちに藍の顔そっくりになった。

　これには藍だけでなくカッちゃんもびっくりして目を丸くする。

「私は水の力で姿を変えられます。頭で思い描いた物体、その場にいた者の容姿を真似ることが可能です」

　藍の顔で冷静に説明する沢胡。これに静瑠が腕を組み鼻で笑った。

「なんとも地味で不気味な異能ですよ」

「余計なことを言わんでよろしい」

沢胡は自分の顔を撫でて元に戻しながらピシャリと厳しく言う。

藍はふたりの異能の素晴らしさに圧倒され、言葉を失っていた。その間にふたりがケンカを始めようとしたので慌てて口を開く。

「ふたりとも、双子なのに異能が全然違うんですね」

「双子でも別種の鬼ですから、異能も違うのですよ」

すかさず静瑠が教えてくれ、藍は感心して頷いた。

「どちらも素敵な異能ですね」

藍は穏やかに笑った。

これに静瑠が目を見開かせて驚いたかと思うと、彼は耳を赤く染めた。すぐに沢胡が「あ」と声をあげてニヤリと笑い、静瑠はくるりと踵を返す。それを追いかける沢胡は兄の肩を掴んで小馬鹿にしたような声で冷やかした。

「あーら、どうかなさいましたぁ、お兄様ぁ？」

「うるさい、あっち行け」

「ほら、藍様を見ていると守りたくなるでしょう？　ねぇ、そうなんでしょう？」

沢胡はニヤニヤと笑い、静瑠を追い回す。藍はオロオロとふたりの間に入ろうとしたが、怒った静瑠が手から水柱を出し沢胡に思いきりぶつけたので、近づけなかった。

「失せろ！」

水色に染まった目を光らせて沢胡を攻撃する静瑠の威圧に、藍はなにも言えない。

対して沢胡は楽しそうに笑うと、同じく水色の目を光らせ、高く跳躍して兄の追撃をかわす。

「そう恥ずかしがらなくていいじゃない！」

「黙れ！　こんな邪な感情、あってはならないんだ！　俺はとくに！」

「ということは認めるのね！　私に謝りなさい！」

沢胡は器用に身を翻し、静瑠の攻撃をかわし続ける。藍は呆然とするばかりで、その下にいたカッちゃんが呆れたようにあくびをしていた。

『藍、あいつらほっとこう』

「でも……」

『あれ、じゃれ合ってるだけだもん。いいのいいの』

それからカッちゃんは「にゃん」とひと声鳴いて縁側に座った。藍も仕方なく座り、カッちゃんの顎をかいて撫でる。

「なんだか不思議なことばかりなのに、これが当たり前の風景だって思えるな……」

母の死後、こんなに穏やかな気分になるのは久しぶりだ。ゆったりとした時間に身を任せ、心を休ませる。黒夜家に来る前はいちいち怯えて気を病んでいたというのに、今は脳内も心もすっかり満たされた気分になっていた。

『もうずっとここにいたらいいよ—』

カッちゃんがゴロンと寝そべりながら言うので、藍はクスクス笑って「そうだね」と返した。すると、カッちゃんはなにかを思い出したように耳をピンとさせて藍を見上げる。

『そうだ、藍！　屋敷の植物を見に行こう！』

そう言ってぴょんと地面に降りるカッちゃんの後を藍は追いかけるように立ち上がった。ちなみに双子は疲れ知らずなのか、まだ決闘を続けていた。

黒夜家は広大な領地を有しており、清雅が成人したと同時に使用人とともに与えられた別邸は土地の一角にある。清雅の屋敷は池と小川があるほど広く、そのぶん自然豊かだった。一日で回りきるのは難しいので、ひとまず建物の周囲だけを見ることにする。

まずは藍の部屋周辺にある小川へ向かった。そこは鮮やかな花菖蒲《はなしょうぶ》が咲き乱れており、柳の木が風に揺られている風流な場所だ。ちょうど花が見頃のようで、藍は小川から離れた場所で花を観察した。

カッちゃんは恐れず小川に近づいて水辺の小魚をつつく。そして花菖蒲の葉に耳を寄せた。

『藍も耳をすませてみてよ』

促されるまま藍はそろそろと地面に伏し、ゆっくり葉に耳を寄せて息を詰める。しばらく耳をすませば、かすかに鼓膜を震わせるなにかの音を捉えた。

『人の子かな』

『いいや、混ざりものだね』

『この匂いは懐かしい。故郷の匂い』

『あぁ、故郷の匂いだ。碧月の』

藍は体を起こして花菖蒲を凝視した。これが植物の声だろうか。

「花が……しゃべってる」

『そう、ぼくと同じように話ができるんだよ』

カッちゃんは嬉しそうに藍の手に顔をこすりつけてくる。藍はそのままカッちゃんの耳をかき、ざわつく心を落ち着かせた。

「やっぱりわたしにも異能が……これ、本当にわたしだけの力なの？」

『そうだってば！　そんなに疑うんなら他にも聞いてみたらいいよ』

カッちゃんが腹を見せながら言うので、藍は半信半疑のまま近くにあった柳の木に手を当てて耳をすませた。ザワザワと鼓膜を震わせる声が聞こえてくる。

『あぁ、懐かしき霊力。樹太郎の匂いだ』

柳の声は老齢のしわがれたものだった。藍は耳を離し、自然と小川の上流に沿って歩きだす。

『え？　藍？』

カッちゃんが不安そうに追いかけるも、藍は気に留めずにあらゆる植物に耳を近づけた。そのどれもが同じことを話し、藍を碧月の者だと認め、自分たちが碧月家で生まれたと話している。いつの間にか藍は地面に寝転がり、草花の声を耳に取り入れながらぼうっと空を眺めていた。

『はぁ、やっと追いついたぁ。……藍？』

疲れたように言うカッちゃんが藍の首元に近づき、角でちょんちょんつついてくる。

藍はゆっくりと寝返りを打ち、カッちゃんを優しく抱きしめた。その手は小刻みに震えており、カッちゃんは心配そうに藍を見つめて鼻を近づけてくる。

『どうしたの、藍？』

「なんだろう……わたし、嬉しいのか怖いのか、よく分からないの。なんだか、失くしていたものを取り戻したような、自分の一部が戻ってきたような……でも、それが本当にわたしのものなのか自信がなくて、心が落ち着かない」

それは緊張から来る心臓の震えにも似ており、形容しがたい高揚感が湧き上がっていた。体内の血流が早く、じんわりと熱が巡っていく。そんな感覚をどう言葉にしたらいいか分からず戸惑った。

『藍は今までこの力を封じられていたから、急に使えるようになって体がびっくりしてるのかもねー』

カッちゃんが考えるように言う。

『よく分からないんだけれど、藍の力の源は宝玉なんだよ』

「宝玉って、この？」

藍はおもむろにスカートのポケットから淡い玉を取り出し、カッちゃんに見せる。

『これ、どうして清雅が持ってたんだろうね？　藍のものなのに』

「えっ、清雅さんがわたしにくれたものじゃないの？」

藍は驚いて身を起こした。カッちゃんが藍の胸から落ちていき「にゃっ」と痛そうな悲鳴をあげる。ころんと転がったカッちゃんは起き上がってペロペロと自分の背中を舐め、藍を上目遣いに見た。

『その玉からはずっと藍の匂いがするよ。最初からそうだった！』

カッちゃんの言葉は曖昧でよく分からない。藍は首を傾げて宝玉をじっと見つめた。

「じゃあ、カッちゃんの言うとおり、これはもともとわたしのものなの？」

なんだろう。分かるようで分からない。藍はゆっくりと思考を回した。

もし宝玉が藍のものなら、自分ではなく清雅が持っているのは不自然だ。その答えは過去にあるのだろうか。自分が知らない過去があるのではないか。

『きっと過去の記憶が蘇ったんだろう。今後もそのような夢を見たらしっかり覚えておくんだぞ』

清雅の言葉が脳裏をよぎり、藍は静かに呟いた。

「もしかしたら……夢を見れば、隠り世に住んでいた頃の記憶を取り戻せるのかな？」

淡く色づいた宝玉は中心部の濁りが薄れている。そこには、じっと見つめる藍の瞳がぼんやりと浮かんでいた。


午後八時頃になって、ようやく清雅が戻ってきた。藍は彼の帰りを今か今かと待っており、食事も喉を通らなかった。そんな藍の様子を清雅は愛しそうに見る。

「そうか、まだ飯を食ってなかったか。ちょうどいい」

すぐさま藍に近づく清雅はなにやら嬉しそうに言うと、使用人たちになにかを運ばせた。上等な包みが大量にテーブルの上に置かれる。ざっと見積もって二十幾ばくかの包みは、すべて同じもので弁当のよう。

「これは……？」

「今日は藍の異能が発現した記念日だからな。祝いのいなり寿司を買ってきたんだ」

清雅は満足そうにふんぞり返って言う。藍は呆気にとられ、キョトンとしてしまった。黙る藍に清雅が調子を外したように首を傾げる。

「……気に入らないか？」

「え？　いえ！　すごく嬉しいです。でも、こんなにいっぱいは食べきれないですよ」

藍は困ったように笑いかけた。それを見て清雅は眉をひそめて頭をかく。

「そうか、そいつは困ったな。まぁ、でも俺の異能で保存はきくから、食べたい時に食べたらいい」

そう言って、彼はいなり寿司の包みに水の膜を張ろうとした。そういう使い方もあるのかと感心する藍だが、急激に名案を思いつき清雅の手をとる。

「皆さんで食べるというのはどうですか？」

すると清雅は藍の手を握り、フッと柔らかい笑みをこぼした。

「そうしよう」

藍の提案にその場にいた使用人たちの顔がパッと華やぎ、主の言葉よりも先にバタバタと他の同僚たちを呼びに向かう。

ちょうどその時、静瑠と沢胡がボロボロの姿で帰ってきた。

「あ、お帰りなさいませ、清雅様……」

静瑠が先に口を開くも、唇が切れているのか痛そうに顔を歪めた。沢胡に至っては主の出迎えができなかったことを悔やんでいるのか珍しく俯いている。

これに清雅が心底呆れた顔でふたりを見つめ、低い声で唸《うな》るように言った。

「お前たち……本当にしょうがないな」

心なしか苛立ちを妖気として発され、双子は俯いて肩をビクつかせる。いくら優しい清雅でも、怒る時は本当に怖いのだ。ビリビリと痺《しび》れるような妖気が双子に伝わっていくのが分かり、藍は清雅の袖を引っ張った。

「わたしも止めなかったので、許してあげてください」

小さな声でお願いすると、清雅はため息をつく。同時に静瑠が「藍様」と呟き、しゅんとうなだれる。それを沢胡は茶化したそうに口をモゴモゴさせたが、清雅が双子を厳しく見るのでなにも言わなかった。

「少しは落ち着いたらどうだ」

「申し訳ありません」

「でした……」

静瑠が先に頭を下げ、沢胡も続く。

そんなふたりの顔に向かって清雅はこぶしほどの水の玉を放った。傷だらけになっていたふたりの顔がみるみるうちにキレイになる。

「浄化の水だ。俺が出す水はあらゆる効果を持つんだ」

清雅は藍に向かって簡潔に説明した。なるほどと合点する藍は、清雅の異能の多彩ぶりに感心する。

双子は水のおかげで傷を癒せたからか、わずかに安堵した顔をしていた。場がようやく和む。

「さぁ、みんなでいなり寿司、食べましょう！」

藍の言葉に清雅だけでなく、その場にいた全員が笑い合った。

＊＊＊

同刻、桜花は牛車の中でますます焦りを感じながら帰路についていた。

──なんでっ！

車は桜花の焦りに呼応するように速度を上げていく。小石を蹴散らし、田のあぜ道を走っていく牛車の縁には使用人がその速度に怯えるようにうずくまっていた。

──どうして、伯父様まで私を遠ざけるのよ！

それは昨夜、桜花が伯父の魑臣にねだるように恐ろしい頼みを口にしたのだが、彼はたちまち渋面を作って桜花から距離を取った。

『桜花、その頼みは難しいな。なにせ、もうその件は黒夜の旦那から話がきている。

藍という娘には手を出すなとな』

白羅魑臣は桜花の頼みを聞き入れなかった。それどころか否定するように続ける。

『藍を殺すなんて無謀な……それも恐ろしいことを考えるんじゃない。お前は藍よりも優れている。だから碧月の旦那もお前を当主に選んだのさ。なぁ、それで我慢しておきなさい』

「伯父様は黒夜家が怖いからそんなことを言うのよ。そうだわ、そうに違いない。だって、伯父様は私のお願いなら昔からなんでも聞いてくれたもの！」

桜花は幼い頃から、母と伯父をはじめとする白羅家から甘やかされて育ってきた。父、樹太郎も桜花にはなにも言わなかったが、母たちのような愛をくれていたかは怪しかった。もっとも父は桜花を可愛がることはなく、話すことも向き合うこともまともにしていない。そのため桜花は父には懐かなかった。

それまでは気づいていなかったが、伯父が父代わりだったのだと思え、ふつふつと湧く怒りに頭が沸騰してくる。同時に伯父の裏切りに心が傷つき、涙がこぼれた。すぐに拭って感情を怒りに変える。

自分の思うとおりにならないことがこんなにも腹立たしいとは思わなかった桜花は、いつしか恨みを殺意にすり替えていた。

――藍、絶対に許さないわ。殺したい。絶対に殺してやる！

恨みを募らせている間に、車が碧月邸へ到着する。

「桜花様、到着いたしました」

何事もなく無事に帰りつけて安心したのか、使用人の娘たちがすだれを上げた。しかし桜花の機嫌の悪さはここで発揮され、使用人たちを蹴飛ばして車から降りていく。

「どきなさいよ！　まったく……あぁ、イライラするわ」

「お帰りなさい、桜花」

門の前に魅季が立っていた。母の姿を見るなり、桜花はしおらしさをあらわにして駆け寄る。

「お母様！　聞いてよ、お母様！　私、伯父様に……」

「えぇ、えぇ。なにもかも分かっているわ。あなたは悪くない。大丈夫よ」

母は桜花を抱きしめると、優しい声音で慰める。

しかしこの母は当てにならない。甘やかすだけ甘やかして、その場しのぎの慰めだけを与えて解決策は出してくれない。結局、白羅家へ行っても意味がなく無駄足だったのだ。

桜花は母からゆるりと離れた。

「私、悔しいのよ……なんで藍が黒夜家に？　意味が分からないわ。だって、藍は碧月家のものでしょ。どうして勝手に黒夜家が決めるの？　碧月の当主はそんなに力がないの？　だったら私は当主なんてならないわ！」

「なんてことを言うの。しっかりなさい。あなたがそんなでは、お父様も悲しむわ」

魅季は桜花の肩を掴み諭したが、桜花にはまったく響かなかった。唇を噛み、涙目で母を睨みつける。

「だったら、お母様がどうにかしてよ！」

するとと魅季は目を見張った。驚いたその顔が能天気に思えた桜花は、ふいっと目をそらし、母を押しのけて門をくぐった。すると母が追いかけるように声をかけてくる。

「桜花」

「なによ？」

桜花はうんざりと返し、母を見た。その顔はいつもの甘ったるい笑みではあるのだが、彼女の目が紫色に光っていた。

「お母様がなんとかしてあげるわね」

桜花は鼻を鳴らしながらその場を後にした。

＊＊＊

「ところで、今日はどこへ行ってたんですか？」

黒夜家でいなり寿司パーティーをしている最中、藍は清雅の横でひっそりと訊いた。

彼はなんだか不敵に笑うだけで答えてくれない。

「清雅さん？」

「そんなに聞きたいか？」

「もちろんです。わたし、清雅さんのことをもっと知りたいんです」

なにげなく放った言葉だったが、清雅がニヤリと笑うので藍は『しまった』と思い口をつぐんだ。なんだか嫌な予感がする。

それは的中し、清雅はここぞとばかりに藍をからかった。

「どうした藍？　俺のことが知りたいんだろう？」

「え、あ……えーっと、そういう意味で言ったんじゃなくて……」

「どういうつもりで言ったんだ？」

清雅の顔が迫るので藍は目を泳がせた。頭が真っ白になり、逃げるように持っていたいなり寿司を清雅の口に突っ込む。

「なんでもないです！」

清雅はムッとした顔でいなり寿司をひと口で食べて飲み込んだ。藍が警戒するように彼をじっと見ていると、清雅はふいに噴き出して笑う。

「そうやって怒ることができるんだな。いいことだ。俺は藍のいろんな顔が見たい」

そう言われると、今まで怒ったり笑ったりしていなかったと思い出し、カァッと顔が熱くなった。

「そうやって照れるところも可愛いな」

「可愛くないです……」

藍は思わず泣きそうになりながら否定した。潤んだ目を向ければ、清雅はなんだか真剣な顔になり、じっと藍を見つめてくる。

「な、なんですか、今度は」

黙って見続ける清雅の甘やかな瞳に気圧《けお》されそうになり、藍は目をつむる。しかし清雅は藍の髪を撫でるだけであり、これに藍は恐る恐る目を開けた。すると彼はもう藍から目をそらし、使用人たちに手を叩いて合図する。

「ほら、もうそろそろお開きだ。寝る支度に入れ」

その号令で皆がもたもたとひとりずつその場から離れていく。持ち場に戻る使用人たちはひとりずつ藍に礼をした。

しかし藍はそれを上の空で聞いていた。清雅の甘い雰囲気が頭から離れない。そして、結局彼がなにをしに現し世へ行ったのか聞きそびれていた。

清雅は現し世でも仕事があるらしいが、そう頻繁に行くことはなくたまに数時間程度家を空けるだけ。その際に彼がなにをしているのかはまったく知らない。

――なんか、はぐらかされたみたい？

清雅はいつも調子よく藍に優しい言葉を囁いたり甘やかしたりするが、本音や大事なことは言ってくれていない気がする。それがもどかしかった。

そんな夜もだいぶ更け、部屋に戻った藍はパジャマに着替えると、宝玉を持ったままカッちゃんと一緒に床につき、まどろみへ落ちる。カッちゃんの香りが鼻腔に届き、藍の意識は碧い記憶の中に吸い込まれた。

――藍は緑が生い茂る山の中にいて、あの赤子の時よりはいくらか成長している。八歳くらいだろうか。

『お父さーん！　どこー？』

父を探しているのか、幼い藍は泣きながら周囲を駆け回っていた。

『藍』

背後から母の声がし、藍と幼い藍は同時に振り返る。その際、藍は幼い頃の自分に乗り移ったような感覚になった。しゃがんで待つ母の胸に飛び込む。

『お母さん！』

『藍、大丈夫よ。泣かないで』

『お父さんがいないよ……お父さんどこ？』

そう言いながら泣く藍だが、心のどこかでは父ともう会えないのだと悟っていた。

母が仕方なさそうにため息を落とし、藍の頭を優しく撫でる。

『お父さんはね、遠い場所にいるのよ』

『どうして？　どうしてお父さんといっしょにいられないの？』

その問いに母は言葉を詰まらせた。涙をこらえようと必死に取り繕おうとしている。

『藍、ごめんね……』

母は鼻をすすり、言葉を切った。その続きは聞けず、藍は思わず母の顔を見上げた。

誰もいない。

『お母さん？』

ごうっと風が唸る。藍はいつの間にか現実の藍の姿となり、風が巻き起こる灰色の世界にひとり佇んでいた。風の強さに思わず目をつむると、立っていられなくなる。

『あっ……』

膝が崩れるほどの強い風に、藍は驚いてその場にしゃがんだ。どこからともなく水が流れてくる。

――怖い！　目、覚めて……！

顔を覆って心の中で願う。長い髪の毛が荒れ狂い、しばらくじっとやり過ごすしかなかった。

その時、藍は静瑠が言っていた父の異能について思い出した。

父は風雷の異能持ちだ。なぜそう思ったのかは分からなかったが、藍はこの風が父の異能によるものではないかと考え、そっと目を開けた。

吹雪く緑と薄く色づく桜の中、こちらに背を向けて立つ男がいる。

『お、お父さん……？』

思わず声をかけると、彼は振り返ろうとした。しかし――。

「あ、覚めちゃった……」

あの夢の中にいた男の顔は見えなかった。

朝、残念な気持ちでカッちゃんと一緒に居間へ向かう。今日の朝餉のことを考えようと頭を切り替えて引き戸を開けると、清雅が定位置に座って茶を飲んでいた。

そして、その横には若く艶っぽい女性がいる。小柄だが顔立ちは妖艶さを持った和風美人で、黒いボブカットとオレンジ色のアイシャドウがよく似合ううら若き乙女だった。

黒い着物をまとっており、ニコニコと清雅を見つめている。その雰囲気に藍はきゅっと胸が締めつけられる気がした。

――誰だろう。

すると、カッちゃんがぴょんと藍の腕から離れ、使用人たちに「にゃあん」と甘えて朝餉をねだりに行く。その声に気づいた清雅が顔を上げて藍を見つけた。

「おはよう、藍」

「あ、おはよう、ございます」

藍は清雅の横にいる女性に視線を向けながらおずおずと挨拶した。

清雅が「あぁ」と気がつき、横の女性を紹介しようと手を出すが、彼女は藍に気づくなり勢いよく立ち上がって近づいてきた。

「あなたが藍ちゃんね！　本当に可愛い子ねぇ！」

人懐っこく藍の手を取るその女性は、藍の顔をまじまじと眺めて歓声をあげる。困惑のあまり助けを求めるように清雅を見ると、彼は頭を抱えてため息をついていた。

「母さん……藍が困ってます」

清雅の言葉に藍は目を丸くして驚いた。目の前の女性は小首を傾げ、舌を出しながら茶目っ気たっぷりに笑っている。

「藍、そちらは俺の母、土萌だ」

「はーい、清雅のお母さんでーす！」

清雅は静かだが土萌は底抜けに明るいので、テンションの高低差についていけない。

ひとまず頭を下げて挨拶する。

「は、初めまして！　碧月藍です」

「うんうん、聞いてるわよぉ。碧月のお嬢さんの藍ちゃん！　うちの清雅と仲よくやってくれてて本当に、本当に、ほんっとうにありがとうね！」

そう言って土萌は藍に抱きついて頬ずりした。

「はぁーん、もう食べちゃいたいくらい可愛いじゃない！」

「うぅ……」

「よくお顔を見せて。うーん、樹太郎様にもどことなく似ていておめめが美しいわねぇ。髪もキレイでお人形さんみたいねぇ。うふふ！」

土萌は藍の顔をもみくちゃにし、しきりに可愛い可愛いと褒めちぎる。

その行動から確かに清雅の母親だと実感したが、あまりにもあちこちを触ってくるので、わずかな隙を狙って清雅の元へ避難した。彼の背に隠れると、土萌は「あら」と残念そうに口に手を当てる。

「ほら、母さん。藍が怯えた」

「噂どおり、臆病な子なのねぇ。でもそのほうが可愛くて守りがいがあるわね！　清雅も骨抜きになるわけだわぁ」

土萌が悪気なくサラリと言うので、藍は清雅をチラッと見た。彼の顔がスッと無表情になっていく。

「母さん、用が済んだならお帰りください」

「あぁ、怒っちゃった。んもう、すぐそうやって怒るの、よしなさいよ。まったく誰に似たんだか！」

「反面教師ってやつですよ」

清雅はフンとそっぽを向く。

その様子を藍はただただ黙って見つめ、少し愉快な気持ちになった。どうやら親子仲は悪くないのだと分かる。

そんな藍の仕草に気づかず、土萌は清雅に向かって威勢よく言った。

「お母さんはね、今日はあなたたちにお話があって来たんです！　お父さんも藍ちゃんに会いたがってたんだけど、ほら、お仕事があるから」

腰に手を当てる土萌の言葉に、藍は困ったように清雅を見やる。そっぽを向いた清雅は「あぁ」と合点したように頷くとしみじみ呟いた。

「そうか、もうそんな時期でしたね」

「そう！　四季に一度のお祭、『瑞雨祭《ずいうさい》』よ！」

土萌は勢いよく人差し指を天井に突き上げながら高らかに言った。しかし、藍はまだその意味がよく分からない。それを悟る清雅が説明しようと口を開いた。

「黒夜家の領内で四季に一度行われる大祭だ。今季は瑞雨祭でな。父はその主催としてあちこちに顔を出している」

「そうなんですか」

藍はようやく理解し、頷いた。土萌が微笑み、嬉しそうに話を続ける。

「それでね、清雅には挨拶回りをしてほしいんだけど、藍ちゃんもじきにうちのお嫁さんでしょ？　一緒にお祭りを回ってきたらどうかしらーって。ね、お母さん、いい考えでしょー？」

「お祭り……」

藍はその響きにときめき、思わず呟いた。

祭りには久しく行ってない。母が元気な頃――まだ藍が幼い頃はよく行っていたが、成長するにつれて母の容態も悪くなっていき、祭りに出かけようなんて考えることはなかった。

「行きたいか？」

清雅が顔を覗き込んで訊いてくるので藍は小さく頷いた。これに土萌が両手を合わせてにっこり笑う。

「じゃ、決まりね！　ふたりとも、おめかししてお出かけしましょ！　静瑠、沢胡、用意を！」

「はっ！」

土萌の声に合わせて、どこからともなく双子がザザッとひざまずいたまま現れる。

いつにも増して張り切っている様子だ。

「はーい、それじゃあ清雅は静瑠にお着替えしてもらってね。私は沢胡と一緒に藍ちゃんのお着替えしてくるからー！」

　土萌と沢胡は息ピッタリに藍を捕まえて、ズルズルと部屋へと引っ張っていく。その様子を清雅は申し訳なさそうに見つめていた。

　そうして藍の部屋に行き、ピシャリとふすまを閉めると土萌は「ふっふっふっ」と不敵に笑い、藍と真正面から向き合う。藍はなんだか怖くなりただただ俯いた。

「藍ちゃん、大丈夫よ。とって食おうなんてしないから」

　土萌が優しく言い、藍の様子をまじまじと見つめてなにやら顎をつまんで考える。

「そうねぇ。藍ちゃんの色白なお顔におめめ、お顔立ちからして……うん、これがいいかしらね」

　そう言うと彼女は自分の袖をたくし上げ、パンッと柏手《かしわで》を打った。その瞬間、彼女が打った手から鮮やかな水色の布がバサッと現れる。

「えぇっ!?」

　藍は思わず驚いて仰け反り慌てた。そんな藍を見て土萌は愉快そうに笑いながら布を拾い上げて沢胡に渡す。

「これが私の異能なの。生まれ育った黄鍊家に伝わる錬成の異能です。こうしてね、頭の中でイメージをして生み出すの。はい！」

土萌はまたも柏手を打ち、藍色の帯や帯留め、髪飾りなどをバラバラと生み出す。

「さぁ、これで全部が揃いました。本当は私のお古でも渡そうかと思っていたんだけれど、せっかくなら会って藍ちゃんにピッタリなものを贈りたいじゃない？　それでやってきたというわけなの。うふふ、驚かせちゃってごめんなさいねぇ」

土萌は品よく笑いながら帯を巻き、沢胡に渡す。沢胡は静かに衣装を畳に並べた。

「さて、お着替えしましょうねぇ。ふふふっ、私、本当は女の子が欲しかったのに、あの仏頂面が生まれたでしょ。可愛いお着物の着せ替えができなくってね、ずぅぅっとお嫁さんが来るのを待ってたのよ」

「そうだったんですか」

藍はようやく言葉を発した。土萌のペースに流されてしまうも、彼女が天真爛漫なので次第に心が緩んでいく。ただこういう時、気の利いた言葉が出ないのがもどかしい。そんな藍の心情に構わず、土萌は話をしながら藍の服を脱がしにかかった。

「そういえば、藍ちゃんは昔の記憶がないんだったかしら。隠り世のことも忘れてしまったのね」

「あ、その……わたしは……」

「だったらお父様のことも覚えてないのよね。切ないわ」

土萌はしおらしく言う。藍の声が小さすぎるのか耳に届いていないようだ。藍は慌てて声を張り上げた。

「あの！」

「え？」

「わたし、本当に隠り世に住んでいたんでしょうか？　その、お母様はわたしに会ったことはありますか？　隠り世で、わたしとお父さんとお母さんに……」

藍は必死に言葉を紡いで訴えた。どうして急にこんなことを訊いてしまったのか。今朝見た夢のせいだろうか。判然としないが、藍は答えを待ち望む。

対して土萌はまばたきすると、ふわりと小さく笑みをこぼした。その顔はなんだか清雅を思わせる。

「ごめんなさいね。私はあなたや史菜様に会ったことはないのよ。ただ、夫は樹太郎様と馴染みだからね、よく出入りしていたものよ。ひどく懐かしがっていたわ。『半妖のお嬢ちゃんが戻ってきたのか』ってね」

そう言うと、土萌は藍を引き寄せてギュッと抱きしめた。

「そう……あなたは忘れてしまったのね。確かに隠り世から離れたらそのことを忘れるという話は聞くけれど、あなたはやっぱり隠り世《ここ》へ帰るべきだったのよ。運命がそうさせたんだわ」

優しい抱擁は母に通じるものがあり、とても温かい。清雅に抱かれる時と同じ匂いがし、藍はつい土萌の肩に顔をうずめた。

確かに自分はこの隠り世に住んでいたのだとようやく実感が湧く。

あの夢は忘れてしまった記憶そのもので、いつかすべて思い出せるようになるのだろう。それが分かり、藍は嬉しさで胸が熱くなった。

「あらあら、可愛いわねぇ。ふふふ。私のことは第二のお母さんと思ってね。あなたはひとりじゃない。清雅と私と瑞之介さん、もちろん沢胡や静瑠があなたを守るわ」

「ありがとう、ございます」

藍は鼻をすすって離れ、照れくさくなって笑う。

土萌も目を潤ませて藍を見つめていた。しかしすぐに繕うようにパンと手を叩くと藍の着替えを再開した。

「それじゃあ、面白いお話でもしましょうか」

「面白いお話、ですか？」

訊いてみると土萌は藍の耳元で楽しげに囁いた。

「ええ。清雅のむ、か、し、ば、な、し！」

「えぇっ？　いいんですか？」

「当たり前じゃない！　それとも、藍ちゃんは聞きたくない？　清雅のこと、好きじゃない？　強引に嫁にするって言われただけだし、無理もないかなぁ」

土萠が手早く浴衣の帯を締めながらつまらなそうに言うので、藍は反応に困った。

「えっと、どうなんでしょう。わたし、男の人を好きになったことがなくて……あ、清雅さんは鬼ですけど、その、言葉の綾《あや》で」

「分かってるわよぉ。でも、そうなのね。藍ちゃんはまだ恋をしたことがないのかぁ」

土萠はわずかに肩を落とし、うーんと天井を仰ぐように見つめる。

「まぁ鬼もね、そうそう恋に落ちないのよ。だって鬼はあまり感情豊かじゃないからねぇ。とくに愛情や優しさ、慈しみ……そういう繊細な気持ちはあまり得意じゃないんだけれど、一度愛したものにはずぅぅっと執着してしまうし、か弱くて繊細なものを守りたいと強く思うんですって」

その言葉に、なぜか沢胡がハッと反応して手を止めた。

「では、私が藍様を守りたいと思うのは鬼の本能というものでしょうか？」

「本能ってやつなのかしらねぇ。その反面、鬼は支配欲も強いらしいから、愛情が別のものにすり替わることもあるそうよ。あら、ということは沢胡も藍ちゃんが気に入ったのね」

「えぇ、もちろんです！　藍様は私がお守りします！」

勢いよく挙手しながら宣言する沢胡に、土萠は「はいはい」とあしらうと彼女の頭を押さえつけて座らせた。それを見ながら藍は思案する。

清雅も鬼の本能が働き、それに従って藍を大事にしているのだろうか。だとしたら彼の言葉や態度は本物の愛情ではないのかもしれない。

その本能は、意思のない情念のような気がしている。

――そうだったら、嫌だな……。

そこまで考えて藍はハッとした。

どうしてこんな気持ちになってしまったのだろう。なんだか頬が火照《ほて》ってしまい、それを土萌と沢胡が見ていたのでさらに恥ずかしくなった。

「藍ちゃん、清雅が大好きなんじゃない？　今、あの子のこと考えたでしょう？」

「えっ……あ、その……」

「隠さなくていいのよぅ。あの子が本当に自分を愛してくれてるのかって思ったんでしょう？　ふっふっふ」

心を見透かすような土萌の冷やかしに、藍は顔を覆って視線から逃げる。

「その気持ちを大事にして、あの子を愛してあげて。そうしたら清雅はあなたにもっともっと尽くすでしょう。そして、孫をたくさん見せてね！　とても強い孫ちゃんたちで家をいっぱいにしたいの！　それが私の夢！」

だんだん自分の野望を語りだす土萌の言葉が藍の恥ずかしさに拍車をかける。

「ま、孫って……それって、わたしたちの子供でしょうか？」

「そうよ！　それ以外になにがあるのよぉ。え、もしかしてまだふたりで寝てないの？　キスは？　キスもまだ？　ちょっと待ってよぉ、もう！」

藍の顔色から察する土萌が今度は怒りの笑みを浮かべるので、藍は肩を上げて身をすくめた。一方、土萌は清雅の元へ向かおうと踵を返すので、沢胡が必死に彼女の足を掴んで止める。

「お、お待ちください、土萌様！　清雅様は……」

「だまらっしゃい！　いくらなんでもあんまりよ！　藍ちゃんが不安になるのも仕方ないわ！　あの仏頂面めぇ……口先だけの男なんて信じられないに決まってる！」

「お、お母様！　それはわたしのせいでもあるんです！」

藍は清雅が叱られないようについ口走った。土萌がピタッと立ち止まって藍を見る。

「わたしが鬼を恐れていたから……だから無理強いしないって約束してくれたんです」

そうだ。清雅はいつだって優しく見守ってくれていた。軽いスキンシップはあるが藍が嫌がることはしないし、無理やり求めようとはしない。

「本当に愛してくれているのか、正直分からないけど……でも、わたしはそんな優しい清雅さんに救われているんです」

藍は震えそうになる声ではっきり断言した。土萌と沢胡が時を止め、藍を見つめる。

やがて土萌がフッと気を抜いたように笑った。

「そう……それなら大丈夫ね！」

「へ？」

「うふふ。ちょっと心配なところはあるけれどねぇ。でも、あなたたちのペースでゆっくり結ばれていくのも悪くないなと思いました」

そう言うと土萌はゆっくり藍の元へ戻って、巻きかけの帯をしっかり結んだ。ポンと帯の結び目を叩かれ、藍はホッとひと息つく。

それから土萌はなにやら感慨深そうにため息をついた。

「はぁ、子供の成長って早いわね。清雅だって昔はもっと可愛かったのよ？　でも、跡取りとしての自覚が出始めて、いつしか気ばかり張り詰めてね。今じゃ誰も近づけない孤高の鬼なんて言われてる。うちではそんなふうじゃないんだけどねぇ」

藍は外向けの清雅を知らないので、そんなふうに周囲から思われていることに驚いた。土萌はさらに続ける。

「あとはたまーに、ポカをやらかしちゃうのよねぇ。いつだったか、あの子が現し世に行った時、嵐に遭って大怪我したことがあったわねぇ」

「えぇ？　そんなことが」

「でも、血まみれだったのに怪我は治っていたのよ。自分でも治せないほど弱っていたはずなのに……まぁ、この世は隠り世だし、不思議なことはごまんとあるわけで、考えても仕方がないわね」

いつでも自信たっぷりな清雅にもそんな時代があったとは、まったく想像がつかない。藍は愉快な気分になって小さく噴き出した。

それから土萌は清雅のあれこれを話しつつ、あっという間に藍の髪の毛もまとめて結い上げる。おくれ毛だけを残し、残りの長い毛は細かい三つ編みにしてひとつの団子にしてくれた。

姿見で全身を確認すると、鮮やかに涼しげな水色の浴衣に白い鉄線花の模様がたくさんあしらわれており、団子にした髪には蝶《ちょう》を模した銀色の飾りがついたかんざしが差してある。顔はほんのり色づく程度の化粧を施され、耳に花のイヤリングをつけてもらった。

「可愛い！」

藍の様子に土萌と沢胡がこぞって褒め称える。藍は穏やかに微笑んだ。

「さぁ、清雅に見せましょうねー」

歌うように言う土萌は藍の背中を押して部屋を出た。

清雅は絣《かすり》の黒い浴衣に身を包み、黒い扇子で首元を扇いでいた。彼はいつもとそう変わりないが、布にうっすらと銀色の絣模様が入っているからか涼やかに見える。

藍が姿を現すと、清雅はすぐさま近づいて肩に手を置いた。

「キレイだな」

「えっ……あ、ありがとうございます」

藍は目を伏せながら小さく笑った。清雅は藍の顔をよく見ようと覗き込む。その様子を後ろから見ていた土萌はなにやら神妙に唸っていた。

「それじゃあ出かけようか。母さん、わざわざありがとうございました」

「あら、なにふたりきりで行こうとしてるの。お母さんも一緒に行きますよ」

土萌は怒ったように頬をふくらませると、清雅から藍を引き離し腕を取って外へ出た。藍は清雅の困った顔を見ながらなんとなく申し訳なく思う。

一方で土萌は楽しげに門の外の牛車に乗った。藍も車に乗り込むと、土萌は藍の頬を両手で包みながら言った。

「ねぇ、藍ちゃん。そうやってお顔を伏せてはダメよ。せっかくの可愛いお顔なのに、もったいないわ」

土萌は厳しい言葉とは裏腹に優しい表情をしていた。藍はなんだか後ろめたくなり、また俯こうとする。それを土萌がぐいっと引き戻す。

「あなたは可愛いし、いい子だし、あの清雅が認める花嫁さんよ。強い力もあるはずなんだから自信を持ちなさい」

「でも、わたしはそんな力を持ってるか分からないですし、みんなに嫌われて生きてたし……この現実が、いつか醒めるんじゃないかって、怖くて。多分、わたしはまだ自信が……」

口をついて出てきたのは言い訳だった。

今まで現し世では散々厄介者扱いされ、同年の子供からは砂や石を投げられていじめられてきた。生まれながらに臆病で、人と話すのが苦手で、今でも他人と話す時は声が震えそうになり目を伏せてしまう。

清雅に顔を上げろと注意されても優しく甘い言葉をかけられても、自分に言われているのかどうか自信が持てなくて無意識に俯いている。

ただ、心を開く努力はしており穏やかに過ごせている。だからそれ以上は望まない。

「わたしなんかが、誰かに愛されていいのか分からないんです。幸せになっていいのかなって、今でもひとりになる時や眠る時にぼんやりと考えちゃうんです」

単純に優しくされることに慣れていないだけかもしれないが、ふと脳裏をよぎるのはつらかった過去。不気味な子、変な子、つまらないやつ、そんな言葉を何年も浴び続けていたら心はすり減っていくものだ。

自分という存在を俯瞰《ふかん》して見つめるため、魂と身を切り離してしまうのが常であり、そうすることでいちいち怯えて悲しまずに済むし楽だった。

そんな藍を叱責するように土萌はうっすらと涙を浮かべながら言った。

「馬鹿ね。これからは、そのすり減った心を清雅に満たしてもらうのよ」

藍は目を見開いた。自分のために泣いてくれているのだろうか。その涙につられて胸がギュッと苦しくなる。

きっと母も同じことを言うのかもしれない。途端に母を思い出して懐かしくなり、藍も泣きそうになる。

「ほら、そんな顔をしない。大丈夫よ。心配いらないわ」

優しい言葉が沁《し》み込み、藍はこくりと頷いた。

「そう、ですね……自分でも無意識に不安になってしまうのはよくないなって思うこともあります」

「そうよ、その意気！　あなたのペースでいいから、ゆっくり清雅に甘えてみなさい。あの子もそれを待ってるわ」

「はい。でも、どうやって甘えたらいいのか……」

藍は目尻に溜まった涙をすくった。そんな藍の耳元へ、土萌がくすぐるように囁く。

「それはね……」

ごにょごにょとさらに低い声で土萌は言い、藍は思わず頬を赤く染めた。

「ふたりともなんの話をしてるんだ」

ようやくすだれを開けて清雅が乗り込んでくる。

「あら、ずっとそこで盗み聞きしてたの？　相変わらず性格が悪いこと」

「母さんほどじゃありません」

清雅は不機嫌そうな顔を見せ、土萌から藍を取り戻した。

「藍、母さんから変なことを吹き込まれてないだろうな？」

「えっ⁉　は、はい……！　全然大丈夫です！」

慌てて返すも、清雅は怪しむように目を細めて今度は土萌を見やった。

「母さん、ひとまず町まで一緒に行きますが、これ以上藍を困らせるようなら……」

「はいはい、分かってますよ。まったくこの恥ずかしいまでの執着心、いったい誰に似たんだか」

「それは、ご自分たちの胸に手を当ててよく考えてみては」

土萌が呆れたように苦笑すると、清雅もフッと笑みをこぼして反論した。

それから車はゆっくりと屋敷を出て町へ向かった。

黒夜家の領地は現し世での関東全域にあたり、広大な国土面積を持つ。車は幾ばくか時間をかけて進むので、目的地までたびたび休憩を挟んだ。

道中は大祭の空気が徐々に出始め、道を導くように転々とモダンなランタンが浮遊している。空はまだ陽が高いが、「到着するまでには焦げた茜《あかね》のような夕景が拝めるだろう」という清雅の言葉で藍はまだまだ先が長いことを悟った。その間に土萌が途切れることなく話をし、楽しませてくれたので退屈はしない。

「さぁ、あと少しでつく。藍、大丈夫か？」

道端の清水で顔を清めた清雅がさっぱりとした様子で訊く。藍はのどかな山々と水脈に沿って立つ水車をぼんやりと見つめていたので、わずかに反応が遅れた。

「あ、はい！」

「この景色、珍しいか？」

清雅は藍の様子を窺いながら訊いた。

「そうですね。隠り世は現し世のようなにぎやかさはないけれど、とても静かで優しい空気が流れています」

「そんなふうに感じるのか。俺はまったくそう考えたことはなかった。だが、確かに現し世の移り変わりにはめまいがする。あれはもう同じ国ではなく、異国も同然だな」

そうして清雅は藍をじっと見つめる。

「現し世に帰りたいと思うことは、ないか？」

「え？」

「いや……盗み聞きするつもりはなかったんだが、少し聞こえてしまったというか。ここでの生活も馴染めないのなら……」

なんだか彼らしくない言いよどみ方をするので、藍は小首を傾げて彼を見上げた。

「清雅さんは現し世に戻ったほうがいいと考えてるんですか？」

「そんなわけないだろ！」

食い気味な清雅の声に藍はつい噴き出した。清雅はバツが悪そうに眉をひそめる。

「ここの暮らしが一番ですよ」

微笑みながら彼の手を握ってみると、清雅は気を緩めたように小さく笑った。

「そうか」

しばらくしたのち、休憩を終えて車に戻り峠を越える。足場の悪い道でも車は滑らかに走るので疲れは出ない。万が一疲れた場合、清雅が浄化の水を出してくれるので問題なかった。

そうしておよそ一時間もすれば麓へとたどり着き、にぎやかな喧騒《けんそう》が聞こえてくる。すだれをめくってみると、青く光る提灯やランプが交互に吊るされた光の道が現れる。空はすでに薄群青と茜、綿雲の帯がかかっており星のまたたきが見え、その下に色鮮やかな光の世界が広がっていた。自然と感嘆が漏れてくる。

「すごい……キレイ……」

道の脇には古い建物がそびえており、あちこちに黒い鬼面がかかっていた。誰も彼もが陽気に笑い合い、酒を飲んで大声をあげる。子供は露店に出入りし、金魚をすくったり風車を回したり菓子を食べたりと楽しそうだ。

するとナ萌が藍の近くに寄り添い、ゆったりと説明した。

「ここは黒夜領内の街。唯一の都会ね。食べ物屋、遊び場、雑貨屋、宿なんかもあるわ。ここでお買い物もできるけど、取り寄せもできるのよ。でも遊びたい時はいつでも遊びに来ていいからねぇ」

車はゆっくりと人波を抜けていき、大きな灯籠がそびえる場所まで向かった。その奥には大きく荘厳な黒い天守閣のようなものが見える。すると横で清雅が言った。

「あの集会所に黒夜家親族の長たちが集まっている。父もあそこにいるだろう。いったん、そこで挨拶回りを済ませたら遊びに行こう」

「はい」

藍は素直に返事した。妙に胸の奥がワクワクと高鳴っている。

車が止まり、三人は大門の前に降り立つと、今にも襲いかかってきそうな迫力の黒城、もとい集会所へ入った。

中もたくさんの鬼でにぎわっていて、誰もが黒い鬼面を頭につけており、宴を楽しんでいた。あちこちの座敷に料理と大きな酒樽《さかだる》がずらりと並ぶ。

こういう場に来たことがない藍は清雅の袖を握ってついていくのがやっとだった。それに気づいたのか清雅がふと振り返って藍の手を取る。しっかりとした手で守られるように握られ、藍も離れないように握り返した。

「お母さんはお父さんのところへ行ってくるわねぇ。ふふふ。後で会いましょうねー」

土萌はにこやかに笑うと、城の奥へ駆けていった。その後ろ姿を見送り、清雅と藍は互いに目を合わせ、ゆっくり廊下を歩く。次第に宴の席で騒いでいた鬼たちがこちらに気づき始めた。

「おぉ、黒夜の若様！」

「若様だ」

「春の大祭以来ですなぁ……おや？」

藍に気づいた壮年の鬼たちが顔を綻ばせる。そうしてどんどん溢れるように鬼たちが群がってきた。

「これが噂の娘ですか？」

「半妖の娘か」

「碧月の隠し子という」

そんな囁き声までが聞こえ、藍はまた俯きそうになる。しかし清雅の手がギュッと強く握るので、顔を隠さずに済んだ。

「いやぁ、べっぴんじゃないですか」

「皆様、あまりジロジロ見ないでください。藍が困ります」

清雅がピシャリと言うと鬼たちは口をつぐんで静まり返った。心なしか清雅がまとう妖気がピリリと張り詰めているが、藍にはいっさいその妖気を浴びせられず、きちんとコントロールしているらしかった。ただ他の鬼たちにのみ有効のようで、使用人らに至っては深々と頭を下げている。

「ははぁ、いやはや申し訳ありません。若様がようやく伴侶を得たと聞いて皆が盛り上がってしまい……あぁ、そう怒らないでくださいよ」

「怒ってませんよ」

清雅は冷ややかに笑うと、その場にいる鬼たちに淡々と藍を紹介した。藍は失礼のないよう精一杯挨拶を繰り返す。

そうしながら城の上階へのぼっていくこと数十分後、鬼の絵が描かれた大広間までたどり着いた。

通りすがる使用人たちが頭を下げていく。清雅の張り詰める妖気がさらに強くなり、鬼たちは怯えるように皆俯いていた。清雅の顔もなんだか冷たく、家にいる時のような穏やかさはない。

「清雅さん」

思わず声をかけると、清雅は妖気を解いて藍を見た。

「すまない……こうして気を張って藍を守ろうと。怖かったか？」

藍は首を横に振り、彼をじっと見つめて微笑んだ。

「ありがとうございます。おかげで緊張がほぐれました」

藍は清雅の手を握りしめ、一緒に先を歩いた。ふすまを開けるとまたふすまがあり、楽しげな声が近づいてくる。最後のふすまを開けると、まばゆい光が藍の目に飛び込んできた。

「さぁ、もっと飲め！　ぶっ倒れるまで飲み干せよぉ！　でなきゃ許さんからなぁ！　あっはっはっは！」

ひときわ大きい笑いが藍の耳を震わせ、驚きのあまり後ずさる。眼前には清雅と瓜ふたつの鬼が他の鬼たちを圧倒する勢いで酒を浴びせていた。これに清雅が頭を抱えてため息をつく。

「父さん……」

「お、お父様!?」

藍はつい声をあげた。これに清雅の父、瑞之介が気づいて「おぉ？」とこちらに近づく。また土萌は彼の横に座っていたので目が合うとニコニコしていたが、夫の奇行に呆れている様子でもあった。

「これはこれは、遠路はるばるよく来たな、我が息子！　そして清雅のお嫁さん、ようこそ黒夜城へ！」

瑞之介は清雅から毒気や冷酷さを一気に抜いたような陽気さがあり、優雅に一礼すると藍の手を取った。かなり酒を飲んでいるのか上機嫌である。

藍はここにたどり着くまでどう挨拶をしようか頭の中で考えていたのだが。全部吹き飛んでしまい、アワアワと慌てるばかりで口がきけない。それにもかかわらず、瑞之介は藍の手をぶんぶん振って嬉しそうに顔を覗き込んできた。

「いやぁ、本当に立派になったなぁ。あのおチビなお嬢ちゃんが、こんなに、大きく……はぁ、ダメだ、お父さん泣いちゃいそう……」

「それは酒に酔っているからでは。父さん、しっかりしてください」

「なにを言うか、清雅。俺はまともだぜ？　あれしきの酒でぶっ潰れるほどのヤワじゃない！」

瑞之介は威張るように胸を張る。その愉快な仕草に藍はつい噴き出した。

「お、面白いみたいだぞ！　なぁ、母さんや、藍ちゃんが笑ってくれたぞー！」

「はいはい、めんどくさいからもう離れましょうね、あなた」

土萌がようやく立ち上がり、瑞之介の耳を引っ張って元の席まで引きずる。瑞之介は「あぁぁぁー」と嘆きながら引っ張られ、大人しく座布団に座らされた。

「もう、ごめんなさいねぇ。すっかりできあがっちゃってて。ひとまず顔見せは済んだわけだし、あなたたちはもう遊びに行ってらっしゃいな」

「やだやだ！　まだ藍ちゃんとお話する！」

瑞之介は駄々をこねるように声を張り上げると、土萌の手からいつの間にか離れ、藍の元へまた素早く近づいて肩に手を置く。その顔は先ほどまでの陽気さとは異なり、真剣そのものだった。

「君があの家でひどい扱いを受けていたことは樹太郎から聞いている。いいかい、君の父上は君をずっと想ってるんだよ。それだけは信じてくれ」

瑞之介の低く優しい声音には、碧月樹太郎への友情が詰まっているようだった。その切実さを感じた藍は彼の目をまっすぐ見つめてこくりと頷く。

「分かりました」

「父さん、もういいでしょう。挨拶も済んだことだ。離れてください」

清雅が藍の肩を掴んで抱きしめるように守る。その姿に、瑞之介だけでなく土萌、他の鬼たちも驚いて時を止めたが、清雅は構わず藍を連れてふすまから出た。

「やー、うちの息子ったら独占欲強すぎなんですけどー。ねぇ？　こっちが恥ずかしくなっちまう」

照れたような瑞之介の声が丸聞こえだったが清雅は藍を離そうとはせず、そのまま城の外へ歩いていった。

城を出ると、すでに外は真っ暗闇に染まっていた。清雅は町に出た途端、黒い鬼面をつけて歩いていた。あれからずっと黙ったままであり、面のせいで表情も分からない。それでもつないだ手のぬくもりと握る強さだけは変わらず、藍を守ろうとしているように思えた。

「清雅さん」

人波の中、藍は彼の名を呼んだ。しかし彼の耳には届いていないのか先を歩いていくばかり。

「清雅さん！」

声を張り上げるように言うと、清雅は鬼面のまま振り向いた。すると、周囲にいた鬼たちがざわざわと囁きだす。たちまちいけないことをしてしまった気分になり、藍はドギマギとした。

「ご、ごめんなさい……でも清雅さん、歩くのが早くて」

「すまない。ただ、ここでは目につくから」

清雅は素直に謝ると、藍の肩を抱いて祭囃子から遠ざけようと脇道にそれた。

鬼の頭領の息子という立場上、公に町を歩くとすぐに誰かから話しかけられるか囁かれるかのどちらかのようで、清雅が彼らの目から逃れたくなるのも分かる気がした。

藍は誘われるように暗い路地裏を歩く。光から離れると真っ暗闇に目が慣れず、なにも見えない。わずかに不安を覚えたが、清雅のぬくもりを離さないようにすれば自然と穏やかでいられた。

やがて彼はゆるゆると話を始めた。

「藍、父のこと、すまなかったな。あんな情けない姿を見せてしまうとは」

「いえ……優しそうで強そうで、立派なお父様だと思いますよ。顔も清雅さんにそっくりで」

「それは言ってくれるな」

清雅が嫌そうにため息をつくので、藍はつい小さく笑った。

「お前の父上とうちの父、そして母もそうだが、年が近いから馴染みのようでな。だから今でも親交はあるらしい。そのことは聞かされていたんだが、正直俺はあまり碧月家にいい感情を持っていない。あの後妻殿と娘が苦手でな」

どうも彼は感情をオブラートに包んで話すようで、それが彼の優しさだと藍は感じ取っていた。

「だからあまり話を聞こうとはしなかった。でも、お前を家に招くと決めたからには向き合いたい。藍の記憶を取り戻すためにも、あらゆる手を尽くすつもりだ」

その真摯な言葉が藍の心に沁みていく。

土萌が嘆いていたように、きっと彼も隠り世のことを思い出してほしいのだろう。たまに見せる慈愛を含む憂いげな目と、言いかけて止まる言葉の先が知れたような気がし、藍は「はい」と小さく答えて手を固く握った。

「じゃあ清雅さんが現し世に行くのって、わたしのためなんですか？」

なんとなく訊いてみると、清雅は自嘲気味に笑って答えた。

「あぁ。お前の記憶を取り戻すために現し世だけでなく、あちこちへ行くこともある。しかしあまりいい収穫がなくてな。そんな話をしても格好がつかないだろ」

「いいえ。すごく嬉しいです」

すかさず言葉を返すと、彼は「そうか」と優しい声で安堵した。やがて清雅の歩調も幾分和らぎ、いつの間にか鬼面を取って颯爽《さっそう》と前を歩いていく。

「藍、もうすぐだぞ」

「え？　いったいどこへ……？」

下駄からむき出しの爪先をくすぐる草の感触のおかげで、ここが緑地であるというのは窺える。ただ尋ねても想像しても彼がどこへ向かおうとしているのか分からない。

カラコロと下駄の音だけを聞いて歩くこと数分、ようやく清雅は立ち止まった。

「藍」

優しく呼ばれ、藍は清雅の腕を取る。

「ここ、どこですか？」

「ただの野原だが……うん、そろそろ時間かな」

彼はなにやら心得ているらしく、藍の肩を抱くように掴む。いったいどういうことなのだろう。

その時、藍の目の前をふわりと光るものが浮かび上がった。

ホタルかと思いきや違う。無数の不思議なガラス玉がぼうっと輝き、空へと昇っていく。それにつれて町の方からも小さなガラス玉が飛んでいった。

赤、青、緑、黄、白……とさまざまな色の光がゆっくりと空へ向かい、藍はすっかり目を奪われる。

「雨を祝う祭りだから、雨の元である皆の水の異能を一部だけ捧《ささ》げるんだ。加えて、そこらにある草木も露を出し、こうして空へ昇っていく。これを露昇りというんだ」

清雅は静かに語り、彼も指先に光る露を生み出して空へ飛ばす。その光でほのかに輪郭が浮かぶ彼の横顔を藍はしっかりと見た。彼の目は空に向いており、煌《きら》めく瞳に見惚れてしまう。

「巷《ちまた》の噂では、この露昇りの時に祈ったことはなんでも叶うらしい。本当かどうかは知らないがな」

清雅は鼻で笑ったが、藍はその話がロマンチックに思えて露にひっそりと祈りを捧げる。

――どうかこのまま……。

「ここは俺だけの穴場なんだ。ここがいっとうキレイにこの光を見られる。お前と一緒に見たかったんだ」

彼の目がこちらに傾き、藍は祈りを中断する。光に照らされた彼の瞳が青く優しく揺らめくように輝いている。

やがて清雅は頭をかきながら、自嘲気味に笑ってしっとりと呟いた。

「藍が誰かに触れられていると、胸がざわついて仕方ない」

「え？」

「それがたとえ父でも嫌だった。だから、あの時の俺は少々気が立っていたと思う。本当にすまない」

そうして清雅は藍をギュッと抱きしめた。

「清雅さん……わたしは気にしてませんよ？」

「お前がそうでも俺が嫌なんだ。ままならない感情に左右されるのも本当は嫌なのに、不思議とそれでもいいかと思える。なぜだろうな。お前に会うまではこんな気持ち、知らなかったのに」

藍の耳元を彼の甘くかすれる声がくすぐり、ゆっくりと温かい気持ちになる。彼に抱きすくめられると体の奥がふわふわしていき、ずっとこうしていたいと願っていた。

「俺はお前を愛してる。誰の目にも触れさせたくない。俺だけを見てほしい。これは鬼の本能に従った無意識なものではなく、俺自身の気持ちだ」

その言葉はいつもより随分と儚げだった。やはり牛車で土萌とふたりで話しているのを彼も聞いていたのだろう。藍は清雅の心に触れた気がし、これ以上にない喜びを感じた。

「わたしも同じ気持ち……清雅さんから離れたくない」

そうして彼の頬に唇をそっとつけた。清雅の息が止まり、藍は心配になって彼の首に顔をうずめる。彼の動脈がわずかに早く打っているのを感じた。

「清雅、さん？」

「藍……それは、母の入れ知恵か？」

やっと清雅は口をきくが、その言葉に藍はわずかに気落ちした。

「ダメでしたか？」

少し離れて彼の目を見ながら問うと、清雅は片眉を上げて藍の顎を持ち上げた。

「ダメじゃない……ただ、そんなことをされると、我慢できなくなる」

そう言いながら彼は食むように口づけした。

甘くとろけるような彼の熱に溺れそうになり、藍の胸の中をかき乱していく。知らない感情が一気に全身を巡り、心臓は早鐘を打った。

近づけば近づくほど彼の鼓動も同じ速さで鳴るのが分かる。

——好き。清雅さんが好き。ずっとこのまま、彼と一緒にいられたら……。

その祈りが頭の中を満たし、藍は初めて恋情を知った。

＊＊＊

その頃、清雅の屋敷ではカッちゃんが外を見つめながら怯えていた。

『ヤバい……』

カッちゃんはにゃあにゃあ鳴き、沢胡を探し当ててしがみつく。

『沢胡ぉ！　ねぇ、超ヤバいよ……！』

「おや、カッちゃんが甘えん坊さんになっている……はいはい、ご飯はもう食べたでしょ」

沢胡にはカッちゃんの言葉は通じない。すると、横にいた静瑠が「ふむ」と思案げに唸った。

「もしかしたら……」

『そう、もしかしたらだよ、静瑠！』

「藍様に会えなくて沢胡でもいいかと妥協しているのでは」

静瑠は神妙に言うが、カッちゃんはずっこけて半眼になる。一方、沢胡は深く傷ついたのか無表情でうなだれた。

「妥協……そうか、これは妥協の甘えだったの……」

沢胡は悔しそうに唇を噛みながらカッちゃんを撫でる。

カッちゃんはひときわ大きな声で「にゃあああん《ちがーーーう》！」と叫んだが、ふたりにまったく相手にされなかった。

『もう……藍が危ないのに！』

庭の草木がさざめく。このひりついた緊張を察したのはカッちゃんだけでなく黒夜領内の植物たちも同様だった。

屋敷の外から流れ込む風の向きが変わっていく。そのことに気がつく鬼は誰ひとりいなかった。

第四章　忘れがたい記憶

生まれは隠り世だった。今、はっきりとそれが分かる。

青々と茂る自然豊かでのどかな山々に見守られながら藍は生まれた。碧月樹太郎と史菜は現し世で出会い、結ばれ、隠り世で婚礼を上げた。それからほどなくして藍が生まれ、樹太郎と史菜は幸福な気持ちで藍の成長を見守る。

優美で端正な顔立ち、翡翠色の瞳、優しそうに垂れた目元、美しく艶やかな銀髪を持つ父の姿が見え、藍は静かに涙を流した。

『お父さん……』

どうしてだろう。今まで姿を見せなかった父――母の死に際でさえ会いに来なかった父なのに、その顔を見ていると喜びが言葉として溢れ出してくる。

『お父さん、わたし、ずっと会いたかった……！』

父が自分を想ってくれているのだと知った。そのとおりなのだと思う。

母から『幸せになって』と言われたものの、その約束は果たせそうにないと絶望していた。でも父の計らいで清雅に出会うことができた。父が引き合わせてくれたのだ。

樹太郎は優雅に微笑むと藍の頭を撫でる。そして風に乗ってその姿を消した。

『お父さん――』

藍はひと筋の涙をこぼし、夢から醒めた。瑞雨祭はまだまだ続くが、夜更け過ぎに街から出て車に揺られているうちに深く寝入っていたらしい。

「藍、もうすぐ着くぞ」

　座ったまま眠っていた清雅が藍の頭を撫でる。藍は彼の膝を枕にしており、目尻を拭いながらゆっくり起き上がった。

「おはようございます」

　清雅に笑いかけると、彼も同じく笑いかけてくれる。そんな些細《ささい》なやりとりだけで幸せだ。

　もう二度と幸福な気持ちなど訪れることはないと思っていた。それを清雅に教えてもらった藍は満たされた気持ちで清雅の屋敷まで戻る。

「ただいま」

　清雅とともに屋敷まで帰り着いたのは午前十一時頃だった。清雅の声に使用人たちが出迎え、先頭には双子が揃っていた。

「お帰りなさいませ、清雅様、藍様」

「あぁ。土産を買ってきた。交代で皆に暇を出すから期間中は祭りに顔を出しに行くように」

　すると使用人たちは一斉に歓声をあげて喜んだ。その浮かれ具合をたしなめることはなく、清雅は疲れたようにあくびをして玄関を上がる。藍も続こうとしたら、沢胡がカッちゃんを抱いて藍に渡してきた。

「なんだかずっとソワソワして、寂しがっていましたよ」

「あら、そうなの……カッちゃん、ごめんね。お留守番させちゃって」

藍の胸に飛び込むカッちゃんをあやすように言うと、カッちゃんは藍にすがって何事か話した。

『藍！　藍！　ヤバいよぉ！　怖いよぉ！』

「あら、なんだか怖がってるみたい。どうしたの、カッちゃん。よしよし」

『藍、逃げよう！　でないと藍が大変だよ！』

──大変？　どういうこと？

「カッちゃん？」

首を傾げていると、カッちゃんの毛がぞわりと逆立った。

その時、門の向こうに黒夜家のものではない牛車が止まった。玄関からその様子が見え、全員が視線を外へ移す。すぐに清雅が来訪者に気づき、彼のまとう妖気がぶわっと一気に強くなる。

「藍、部屋に行け」

「え？　でも」

「いいから行け。あの女が来る」

彼の目は危なげに青く光っていた。

清雅が言う『あの女』が近づくにつれ、沢胡をはじめとする使用人たちが藍を守るように囲み、部屋へ連れていこうとする。その隙間から見えたのは碧月魅季だった。

＊＊＊

しおらしく伏し目がちにやってきた魅季は、大広間に通されるなり清雅の前に頭を垂れた。深く折り曲げた体の奥から悲痛な謝罪が出てくる。

「これまでの数々の非礼、お許しください」

「それは藍に向ける言葉であって、俺に言うことではない」

清雅は冷たく言い放ち、魅季を見下ろした。

「よくもぬけぬけとこの屋敷に入ってこられたな。貴様、立場を分かっているのか？」

「えぇ、もちろんでございますとも。しかし、一度こうして碧月家を代表して若様と藍様へ謝罪をと参った次第でございます」

魅季はよく通る声でそう言うと、わずかに顔を上げて清雅を見つめた。

「どうかお許しを――」

「清雅さん」

魅季の声にかぶせるように、藍がふすまからそっと声をかけた。清雅は驚いて立ち上がる。

「藍！　来るなと言っただろう」

「でも、わたしも向き合わないといけないから……」

藍は駆け寄る清雅の手を取って強く言うと、ひれ伏す魅季を見た。

「わたしは、許します。そもそもわたしがこんな偉そうなことを言っていいかどうかは正直分かりません。でも、父はきっとあなたと桜花のことも大事だと思っています。だから、これからは碧月家と黒夜家、手を取り合っていきたいんです」

その言葉に魅季は目を潤ませて藍を見た。

「藍様……本当に、本当に申し訳ありませんでした……」

藍はさめざめと泣く魅季の元へ歩み寄り、手を包んで微笑みかける。

一方、清雅や沢胡、静瑠、カッちゃん、他の使用人らは気が気でなく、緊張の面持ちで見守っていた。だが、藍が優しく笑うので全員、顔を見合わせながら頷き合う。

清雅は藍を立ち上がらせ、魅季に厳しい声を向けた。

「まぁいい。桜花殿にもこの藍の言葉を伝えろ。いいな、魅季殿」

「はい。仰せのままに」

魅季はゆっくりと頭を下げた。

＊＊＊

それから魅季は藍の厚意でしばらく休んだ後、碧月家へ戻ることとなった。清雅はイライラとしていたが、魅季と顔を合わせなければ穏やかでいる。

一方、藍は碧月家の話を聞きたいと思っていたので、魅季の様子を見に伺おうと彼女の元へ向かった。清雅の言いつけで沢胡とカッちゃんも一緒に連れていく。

玄関から近い客間に魅季はいた。

「魅季さん……」

「あら、藍様。どうかなさいました？」

魅季はにっこりと優雅に微笑み、藍の顔出しに歓迎の意をあらわす。態度も口調も碧月家で見たものより丁寧で不気味さすら覚えたが、藍は苦笑するだけであまり悪い気はしなかった。

結局、彼女とはきちんと話をしていないので、互いに誤解をしているような気がする。考えてみれば自分は父の先妻の娘だから、後妻の魅季が自分をよく思うことはないだろう。桜花にはとても優しい母親だから、話せばきっと分かってくれるのではないかと期待している。

「あの……もしよければ父の話を聞かせてもらえませんか？」

すると魅季は驚くように目を開いた。やがて口元に笑みを浮かばせると、ゆったり話し始めた。

「そうですか、あなたは隠り世のことを覚えておいでではなかったのですね。ならば、樹太郎様のお話をしましょう」

魅季によると、もともと碧月樹太郎は黒夜瑞之介と並ぶほど力の強い鬼だったという。碧月家の次代当主としてだけでなく、鬼童丸一族の頭領としての素質もあり、瑞之介と互いに切磋琢磨《せっさたくま》してきたのだ。

彼らふたりに憧れる鬼も多くおり、魅季もまたそのうちのひとりであった。

鬼の男たちは現し世での仕事も行うので、彼らも成人した後はしばらく現し世に住んでいた。

ある日、樹太郎は史菜と出会い、恋に落ちた。また彼女の霊力があれば強い半妖の子を得られ、家に富をもたらすことも可能だと考えた樹太郎は、史菜を隠り世に呼んだのだそうだ。それから藍が生まれ、碧月家は安泰だと皆がこぞって大喜びしたという。その評判は北に住む白羅家にも届いていた。

だが数年後、樹太郎が病に臥《ふ》せった。力は強いが体は丈夫ではない彼の安否を心配、不安視する声があがり、それまでの無理が祟《たた》ったのか、はたまた人間と番ったためか、などの噂が家の中や親族にまで囁かれるようになり、史菜は居場所を失った。

やがて史菜は藍を連れて現し世へ戻ったのだ。

「それからすぐ白羅家に縁談がきました。樹太郎様に添い遂げられる年頃の娘がわたくしくらいしかいなかったのです。当時の碧月家のご当主様、先代の決定には誰にも逆らえませんでした。しかし、樹太郎様は史菜様を失ってひどく気に病んで、ますます臥せってしまい……あぁ、こんな話、あなたには酷ではありませんか」

「いいえ、向き合おうって決めたので。この隠り世や家のこと、父のことも全部知りたいんです」

藍は震えそうになる声をこらえ、強く魅季に訴えた。

これに魅季は涙ぐみながら微笑む。

「あなたはお強いですね。あんなにひどいことをしたわたくしにもこうしてしっかり目を見て話をしてくださる。樹太郎様にそっくりね」

そう言うと、彼女は懐に入れていたものを出した。すっと藍に近づき、手に硬い石のようなものを握らせた。

「これは当家に伝わるお守りです。樹太郎様から言付かりました。あなたを守ってくださるものです。肌身離さずお持ちください」

魅季は藍だけにしか聞こえないように囁くと、また微笑んで立ち上がった。

「そろそろお暇いたします。桜花のことは、まだしばらくお待ちくださいませね。あの子もゆっくりと当主としての自覚を持ち、藍様と手を取り合えるよう励んでおります。ですから、いつかまたあの子と会ってください」

「はい……きっと」

藍は覚悟を決めるように返事する。その後ろでは沢胡とカッちゃんが苦虫を噛み潰すような表情でふたりを見つめていた。

それから魅季は本当に屋敷を後にし、藍は手を振って見送った。

魅季からもらったのは黒い鉱石で、妖気を感じ霊力も強くなるような気がする。

父からの贈り物なら大事にしなくては。そう強く思い、藍は鉱石を宝玉と一緒に並べておいた。


翌日、藍は清雅の部屋の庭でゆったりとした時間を過ごしていた。柳の木と小川のある静かな縁側でのんびりと涼む。

清雅はいつも家にいて藍の相手をしてくれるので退屈はしないのだが、同時に彼の予定がどうなっているのかいっさい分からない。彼の時間を奪っているのではないかとわずかに不安になった藍はふと訊いてみた。

「あの、お仕事のほうは大丈夫ですか?」

「仕事? あぁ、それは問題ない。別に俺は現し世のように毎日あくせく働かず、好きな時に仕事をするから」

「さすが名家のご子息……」

藍は顔を引きつらせて笑った。母は現し世では看護師としてほとんど休みなく働いていたし、自分もアルバイトを掛け持ちしていたのに生活が苦しかった。そんな苦い過去を思い出すと、清雅は困ったように眉を下げた。

「なんだ、なにか気に触ったか？」

「いえ……そういう生き方もあるんだなと思って」

「現し世の人間は働きすぎだ。休まないことを美徳としているが愚かしいな。適度に仕事し適度に休むことこそ豊かな生活と言える。それに藍、お前はもう隠り世の者で俺の花嫁だ。生活に関しては気にせず、のびのびと俺に甘えて暮らせばいい」

言いながら彼は藍の髪をひと束優しく持つと口づけした。あの美しい夜の後から彼はもう遠慮なく藍に触れてくる。それがくすぐったくて仕方ない藍だが、彼の深い愛情が嬉しいのもまた事実。藍は努めて冷静に自分の気持ちを告げた。

「でも甘えてばかりではいられませんよ。わたしも清雅さんの役に立ちたいんです」

勇気を出して伝えてみたものの、具体的な方法は思いつかなかった。家のことは使用人がやってくれるし、料理も家事も自分がやると足手まといになって、きっと行き届かない。そんな自分でも役に立てるだろうか。

「そんなの藍は考えなくていい……でも、そうだな。俺がいない時は退屈だろうから、なにか面白い役目でも」

そうして彼は逡巡《しゅんじゅん》し唸る。やがて柳の木を見やってフッと笑った。

「植物の声を聞いて、彼らの状態を見てくれないか？」

「植物の声……ここにあるすべてのですか？」

藍は言いながらだんだん顔が綻んでいく。自分だけの能力で役に立てると思うと嬉しくなり、その感情が伝播したように清雅も笑った。

「あぁ。お前の異能を最大限に使って手助けをしてくれ」

「分かりました！」

藍は嬉しくなり、さっそく草花に耳をすませた。ざわつく風に草花たちの声が乗り、藍の鼓膜を震わせる。

『藍、元気そうだね』

「うん、わたしはとても元気。みんなはどう？」

『私たちも変わりないよ』

『昨日よりはだいぶ平気』

「昨日？　なにかあったの？」

訊いてみると、草花は一斉におしゃべりをやめた。不思議に思い、髪の毛を耳にかけてよく聞こうと耳をすます。

「どうしたの？」

『恐ろしくて口に出せないね』

「そう……」

「どうした、藍」

縁側に座る清雅に尋ねられ、藍は困ったように笑った。

「なんでしょうね、草花も言葉が重くなること、あるんですね」

曖昧に笑って答えると、清雅は「ふうん？」と言いながら縁側にゴロンと寝そべりあくびをした。

「あまり張り切るなよ。ほどほどでいいんだから」

「はい」

藍はうたた寝する清雅に返事しつつ、柳の木に耳を近づける。

「柳さんはどうですか？　昨日、調子はどうでしたか？」

『おぉ、藍か。昨日はなぁ、まぁそれなりに』

やはり柳もごまかすような言い方なので藍は一歩踏み込んでみた。

「あの、聞かせてくれますか？」

『うぅむ……あれもまた哀れな娘よ』

『柳の爺《じい》さん、それはダメだ』

すぐに他の植物が制するが、柳は聞く耳を持たずに話を始めた。

『白羅の娘だ。あれが来ると恐ろしく思うのは当然さね』

ため息交じりの言葉に藍は眉をひそめたが、ひとまず話を聞く。

『哀れなことよ。気を病んでしまったのも蓮樹《れんじゅ》のせいさ』

「蓮樹？」

藍は首を傾げた。先ほどから柳が言う名前に覚えがなくどうにも分からない。

すると他の植物たちが一斉にざわつき始め、風と一緒にうるさくさざめくので藍はその場から離れた。

「清雅さん」

縁側で眠る清雅の肩を揺さぶって起こすと、彼は「ん」と麗しい顔を歪めながら起きた。すぐに優しく藍を見て腕を取って抱きしめようとする。

「どうした、藍。植物との対話は済んだか？」

「あ、あの」

藍は清雅の腕をやんわり離して縁側に座った。清雅の口元が不満そうに尖《とが》るが、彼は藍の話を聞こうと居住まいを正す。藍は言葉を選びながらゆっくりと口を開いた。

「あの、柳さんが言ってたんですけど……昨日、植物たちの具合があまりよくなかったそうです。その、白羅の娘？という人がいて、その方が恐ろしいと」

「白羅の娘……」

清雅は反芻《はんすう》し、神妙な顔になる。

「それで？」

すぐさま促され藍は「あ、はい」と慌てて報告を続ける。

「〝蓮樹〟という名も出てきました。その白羅の娘さんが気を病んでしまったのも蓮樹のせいだと……清雅さん？」

そのままを伝えたら、彼は難しい顔つきで唸った。心配になって顔を覗き込むと、彼はごまかすように微笑みを顔に貼りつける。

「あぁ、なんだろうな。藍はあまり気にするなよ」

「え、でも――」

「さぁ、それよりも昼餉の時間だ。腹が減ってきたから飯にしよう」

清雅はすっと立ち上がって藍に手を差し伸べた。

藍は釈然とせずも清雅に誘われるまま部屋に戻る。振り返ると柳の枝が風に揺らめき、藍に手を振っているように見えた。

それから数日経過した。清雅は何事もないように過ごしていたので、藍もあまり事を荒立てないようにしている。余計なことは訊かないほうが波風を立てなくてよい。

清雅も気にするなと言っていたので、考えないようにする。

しかしそれ以降、清雅はたびたび家を空けることがあり、藍はひとまず自分ができることだけを務めた。異能の力も高めたいので植物の声を聞く。その際、藍はもっと強くなるため宝玉と鉱石を持って異能を使った。

『藍』

『藍、またお話しよう』

「うん。話、聞かせてね」

それからも穏やかな時間が流れ、藍はますます草木の声を聞くことができた。草木と話す時は清雅がそばにいるのだが、彼がいない際は沢胡とカッちゃんがついてくる。

『藍〜なでなでして〜』

藍の足に顔をこすりつけてくるカッちゃんを撫でてあげる。カッちゃんはいつも食欲旺盛で、初めて出会った頃よりひと回り大きくなった。猫の成長は早いものだと感心していると、カッちゃんがふと訊いてくる。

『清雅はまたどこかへ行ったの？』

「清雅さんはお仕事よ。忙しいみたいだからね」

『このところ、よく家を空けるねぇ』

『こんなこと、あまりないんだけどな』

「そう、なんだ……」

植物は嘘をつかない。藍はわずかに不安を覚えたが、鉱石を触ると自然と心が休まった。

『清雅がいると藍と話ができないし、ちょうどいいよ』

「もう、そんなこと清雅さんの前で言っちゃダメよ」

当初は植物の声が同時に聞こえるなど能力に慣れていなかったが、最近はそれぞれきちんと聞き分けられていた。藍は自分でも異能の力が強くなっている気がしている。

『その鉱石のおかげで霊力が強くなってるんだよ』

「そっか。これで霊力が強くなるなんて、楽でいいよね」

思わず笑みをこぼして笑う。その様子をカッちゃんはなにやら心配そうに見ていたが、藍はなぜそんな顔をするのか分からなかった。

「最近の藍様は見違えるほど笑顔が絶えませんね。以前より明るくなられました」

見守る沢胡にそう言われ、藍は満面の笑みを返した。

「自分ではよく分からないんだけど、そうなのかもね。宝玉と鉱石のおかげかな。碧月家からもらったの」

「鉱石……」

沢胡はポツリと呟くと、考えるように押し黙った。

「沢胡さん？　どうしたの？」

「あ、いえ。いつの間にか藍様が主らしくなったといいますか……清雅様もお喜びになるでしょう」

「そうだといいな」

藍は花を摘んで芳しい香りを嗅いだ。

＊＊＊

数時間後、藍の世話を離れた沢胡は腕を組み、自室で考え事に耽《ふけ》っていた。

「どうした、沢胡。ブサイクな顔がますますブサイクだぞ」

すかさず茶々を入れるのは、本を借りに来た静瑠だった。静瑠は休憩時間に勉強や読書をするので、沢胡の部屋の本を借りに来ることがしばしばある。

「あら、お兄様。可愛い妹の部屋になんのご用？　私、今とても大事なことを考えているのよ」

沢胡はいつものように静瑠の悪態を一蹴した。

このふたりは言葉遣いが悪いが、互いに信頼し合っているからこそこうして悪態をつくのである。

「いつも脳天気なお前が考え事とは珍しい」

「まぁね……そりゃ考えたくもなるわよ。藍様の様子が変なんだもの」

「なんだと？」

静瑠は本を物色する手を止め、沢胡の前に立つと肩を掴んだ。

「それは一大事だろ！　なに悠長に考え事なんかしてるんだ！」

「え？　いや……それはそうなのだけど、藍様自身は変になっていることに気がついてないんだもの。だって、急に私に対して親しみやすくなって……」

沢胡は兄の手を払いのけて言った。

静瑠はそれを聞いて「なんだ」と嘲笑した。

「それはお前、藍様は清雅様と結ばれたからな。もう今では清雅様にお心を開いてくださってるようで、これまでの消極的な性格を変えようとなさってるんだよ」

「はぁ？　そんなの私、聞いてないんだけど！」

聞き捨てならない言葉に沢胡が怒る。静瑠はふんぞり返って妹を見下した。

「俺は清雅様から聞いたぞ」

「あー、ヤなやつ！　男同士で恋バナだなんて気持ち悪いったらありゃしない！　どうせ下世話な話でもしてるんでしょう⁉　いやらしいったらないわ！」

沢胡はたっぷりの負け惜しみを向けて拳を振り上げるも、ピタリと感情の発散を止めた。静瑠が顔を守ろうとしたままの姿勢で妹の異変に気づく。

「今度はなんだよ」

「いや、やっぱり変よ。藍様がそうやってご自分を変えようとなさるのは大変ご立派だと思うけど、そう簡単に心を入れ替えるようなこと、できる？　それになんだろう……私、今の藍様には心が動かないのよ」

沢胡は自分の胸に手を当てて小首を傾げたが、静瑠はまともに取り合わない。

「馬鹿なことを。お前の思い過ごしだろ」

「本当だってば！　そうよ、だって碧月家から鉱石をもらったっておっしゃってて、そのおかげで変われたみたいなことを……」

「鉱石？」

静瑠の目が水色の光を帯びる。

「鉱石って……碧月家は鉱石を用いる異能者はいないだろう。もっとも、隠り世に住むために人間とその子は宝玉を持っていなければ衰弱すると言うが。だからって、碧月家には宝玉以外の石はない……」

そう言いながら静瑠はハッとし息を止めた。沢胡も同時にひらめき、息をのむ。

「まさか……魅季殿の異能か」

静瑠の声に沢胡も口を手でふさぎながらこくりと頷くと、兄の腕を掴んだ。

「ねぇ、魅季殿の異能って……どんなものか分かる？」

沢胡の問いに静瑠は冷や汗を浮かべながら逡巡するが、思いつかないのか力なく首を横に振った。

「いや、ダメだ。聞いたことがない」

鬼は自分の家や血筋以外の者に異能を話すことはない。黒夜家の使用人頭を務める分家、黒流家でさえ他家の異能の詳細を知るのはもちろん、魅季の異能を知るなど不可能だった。おそらく清雅も知らないだろう。

「このこと、清雅様に報告したほうがいいわ」

「でも、清雅様は今、大祭や現し世の仕事で今日もいらっしゃらない」

ふたりは焦りを浮かべながら必死に打開策を考えた。そして同時に思いついたように頷き合い、静瑠が口を開く。

「ひとまず、清雅様には文を送ろう。そして藍様から鉱石を離す。沢胡、ちょいとそのあたりうまくやってくれ。俺たちだけでやるだけやってみよう。手遅れになる前に」

「そうね、それがいいわ。どんな危険なものか分かりゃしないし、あの女がそう簡単に改心するわけがない」

「同感だ」

静瑠はしっかり頷くと、すぐに沢胡とともに部屋を出た。

＊＊＊

双子がそんな決意をしている間、清雅は現し世の山奥を歩いていた。そこは藍が住んでいた町にある山で、昔から馴染みがある。

黒夜家は代々、現し世の関東圏にある山々の水脈を管理するため定期的に足を運ぶのだ。父、瑞之介の仕事を手伝うようになったのが十六の頃からで、その当時をぼんやり思い出す。

あの時、ひどい大雨に見舞われたこの地域は水害が発生した。黒夜家総出で水害を食い止めようとしたがその際に大怪我を負ったことがある。

なんとか土砂災害だけで食い止め大洪水にはならなかったが、山は荒れ果て多くの生き物や植物が被害に遭った。道路も土砂でふさがれ、人間たちが必死に復旧作業を行っていたのを昨日のように思い出せる。

そのため、梅雨時になればこうして頻繁に足を運ぶようになったのだが、清雅にはもうひとつ別の目的があった。

あの時、大怪我を負ったのはひとりの少女を救うためだった。水を操る異能を持つ自分が、川に流される娘を助けるため溺れるとは情けない。その時の少女をずっと探していたのだが……。

「でも、それも必要なくなったな」

今は藍が近くにいる。現し世へ行く用事はこの水脈への見舞いだけとなり、清雅は今までを懐古しながら水脈の滝壺をじっと見つめていた。

藍が先日言っていたことがずっと頭の片隅に残っており、このところ家を空けてはあちこちを調べ歩いている。藍には申し訳ないが、この事実をはっきりさせなくては藍への脅威を取り除けないのではないかと思っているのだ。

――しかし、まだ材料が足りない。

その時、背後からガサッと草木をかき分けるような物音と怪しげな妖気を感じて振り返った。

「誰だ？」

鋭く訊くと、木々の向こうから現れたのは旧友の歯朶野銀雪だった。

「なんだ、久しぶりだな、銀雪」

「清雅殿、こんなところでなにを？」

歯朶野は清雅の目をまっすぐ見つめながら訊いた。

「俺はいつもの仕事さ。お前こそ、今日は誘ってないのにどうした？」

歯朶野は別地方の植物を管理する碧月家の当主代理として現し世で仕事をしている

が、今ではほとんど隠り世に帰らず、現し世に居を構えている。ここ最近は藍のことで隠り世に戻っていたものの、藍が清雅の屋敷に入ったことで仕事を再開させているようだった。

「いつもの人探しはもうよろしいのですね。いつもなら私を誘って無理やり町へ出かけるというのに」

「藍がいるからな。今日は早めに切り上げて帰るつもりなんだ。すまないな、お前の相手ができなくて」

なんだか咎めるような言い方の歯朶野に対し、清雅は苦笑を浮かべながら冷やかす。

「あぁ、そういえばお前に訊きたいことがあるんだ」

「なんでしょう？」

歯朶野は愛想もなく問う。清雅は少し気に触ったが、構わず話を続けた。

「あの後妻殿は白羅家の出だったな。気を病んでいたというが、今もそうなのか？」

「なぜそんなことを？」

歯朶野はすぐに噛みつくように質問を返す。

「まぁ噂でな。それと、蓮樹殿というのは碧月家の先代だったな。魅季殿と先代殿はどういう関係なんだ？　お前、知っているか？」

しかし歯朶野はぼんやりとした目で清雅に近づくと、その瞳を毒気のある紫色に光らせて妖気を放った。

「銀雪？」

異変に気づいた清雅は立ち上がり、妖気を漂わせる。

それにもかかわらず歯朶野の手が清雅に伸びていった。鋭い風が歯朶野の手から放たれ、清雅の頬に切り傷をつける。

清雅は素早く反応すると、高く飛び上がって斜向かいの岩場へ着地した。

「おい、銀雪！　お前、正気じゃないな！」

そう呼びかけるも歯朶野は岩場に立ち止まり、清雅めがけて飛びかかってきた。

「銀雪、許せ」

清雅は飛びかかってくる歯朶野に向けて大きな水の球を放った。水の中に閉じ込められる歯朶野は水の膜から逃れようと拳で叩くが出ることはできず、破ることもできない。やがて息が続かなくなった歯朶野は苦しそうに溺れた。彼の目の光が弱まっていく。

清雅は妖術を解き、歯朶野を解放した。岩場に落ちた歯朶野は大量に水を飲んだようで激しく咳き込みながら水を吐き出す。

「銀雪、しっかりしろ」

清雅の声に、歯朶野は荒い息のまま見上げた。

「清、雅殿……ここは……私は、なにを……」

「覚えてないのか。急に現れて俺を襲おうとしたんだぞ」

「そんな……私が？　あなたを襲うなんて、馬鹿な……清雅殿、申し訳ありません」

歯朶野は息が整わないうちに取り乱し、また激しく咳き込む。そんな彼の背中を叩き、清雅は思考を巡らせた。

「お前はなにかに操られていた。お前の意思ではないのだから咎めはしない」

「ですが……このことが他の者に知れたら私は……」

「大丈夫だ。お前には俺がいる。そう悲観するな。昔からそう言ってるだろ」

清雅は濡れて震える歯朶野の水滴を飛ばそうと、さらに異能を使った。水滴が浮かび上がり、空気に消えていく。歯朶野の震えがだんだん収まっていき、思考も徐々に冷静に向かったようで深く息をついた。

「そうでしたね……あなたはそんな方でした」

清雅と歯朶野は同年の鬼だが生まれや故郷は違い、学校も同じというわけではない。しかし清雅が碧月家へ出入りし始めた幼い頃からひそかに交流があった。

碧月家の者を気に入らない理由のひとつとして分家への冷遇があり、歯朶野家は分家の中でも下位の鬼で、よく虐げられていたのだった。それを哀れんだのが、清雅の他に碧月樹太郎だ。

「お前も黒夜家に来たらいいのに、と藍が言っていたぞ」

清雅は歯朶野を引っ張り上げて立ち上がらせながら言った。それを聞いた歯朶野はため息交じりに苦笑した。

「あの方もお人好しですね。本当に樹太郎様にそっくりだ。しかし、私は碧月家を離れませんよ。たとえあんな家でも樹太郎様に尽くすと誓った身ですので」

「そうだな、お前はそういうやつだ」

清雅はわずかに安堵し、歯朶野の肩を叩いて岩場から離れた。山道をふたりで下る。

「しかし、お前を操るほどの鬼がいるとは……そういう異能は聞いたことはあるが、実に面妖だな」

「私はしがない鬼です。清雅殿ほどの力はありませんよ」

「なにをたわけたことを。異能の他に使える妖術はお前が一番多いのだと俺は知ってるぞ。随分と腕を磨いたそうじゃないか」

瞬間移動ができる鬼はそうそういない。その他にも多種多様な術を使えるが、歯朶野はそれをひけらかす性格ではなかった。彼は「恐れ多い」と笑いながら謙遜する。

「操るといえば、まず思い当たるのは白羅家です。あそこは鉱石を使って異能を発現しますが、稀に鉱石を使って脳を操る者が出ると言われています」

真剣な口調の歯朶野の顔からは笑みが消えている。清雅は感心げに唸った。

「やはりか。魅季殿がお前を操っていたんだろうな。愚かな」

「そうとも限りません。この異能は魅季様から桜花様へと受け継がれているんです」

「まさか。桜花は花を咲かせる異能だったろう」

清雅は笑い飛ばした。あの桜花にそんな大層な力があるとは到底思えない。しかし、歯朶野は冗談を言える性格ではない。さらに今の状況から彼が戯言を話しているわけではないと容易に理解できた。

「桜花様が咲かせる花は彼女の感情によって変化し、その感情の花言葉にちなんだ花が出ます。その中で、さらに毒気を帯びた花を生み出すこともあり、その花を介して瘴気《しょうき》や毒を出すのです」

その言葉に清雅はふり返った。

「それは、碧月家の異能と真逆じゃないか」

碧月家の異能は生命を司る異能。死を連想させる異能は碧月の異能としてもっとも禁忌とされるはずである。

「えぇ、そのとおりです。そもそも白羅家と碧月家は相性が悪すぎるんです。だから、なぜ白羅家の魅季様が樹太郎様の後妻に選ばれたのか私は皆目分からないのですよ」

歯朶野の言うことはもっともだ。そもそも碧月家がおかしくなったのは魅季が来てからだと考えが及ぶと、自分の想像が恐ろしくなる。

「銀雪、さっきの俺の質問を覚えているか？」

「質問……えぇと、なにやら記憶が曖昧なのですが、確か蓮樹様のことをおっしゃってましたか」

歯朶野は自信なさげに訊く。清雅は「あぁ」と短く答えると思案した。その間に歯朶野が質問の答えを出してくる。

「魅季様と先代様の関係ですが……申し訳ございませんが、私も詳しくは知らないのです。ただ、先代様のご命令で魅季様を後妻に迎えることとなり、その時にはすでに桜花様が六歳になっていました。桜花様は魅季様が連れてきた娘なのです」

「では、碧月家の隠し子は桜花のほうというわけだな。藍たち母娘を追い出し、家を乗っ取ったのか。その先代殿に取り入って……穢《けが》らわしいな」

清雅は吐き捨てるように言った。

「ただ、この後に先代様が急死なさったのです。その詳細は私たちのような下々の家には伝えられなかったのですが……考えてみると妙ですね」

「あぁ、おそらく藍たちを現し世に戻した原因がそこにあるのだろう。やはり、藍のためにも解明しなくてはいけない」

清雅は再び歩みを進めた。その時、川上から小舟がザブザブ降りてきた。

「おーい、黒夜の若旦那ぁー」

カエルのあやかしが小舟を漕《こ》いでやってくる。その声を拾い、ふたりは川辺へ注目し怪訝に思いながら近づいた。するとカエルのあやかしも小舟を川岸へ寄せる。

「なんだ、俺を呼んだのか？」

清雅がしゃがみながら訊くと、カエルはこっくり頷いた。

「へぇ、若旦那！　隠り世から文ですぜ」

隠り世からわざわざ文が来ることはないので不思議に思い、すぐさまカエルから文を受け取った。それは白い紙を筒状に巻いたもので、カエルの小さな手でも運べるサイズである。

清雅はさっそく文を開いた。そこに書いてあるのは静瑠からの緊急の用事だった。

「藍が取り乱している？　どういうことだ？」

清雅の胸の中でざわりと波打つような嫌な予感が湧く。歯朶野は血相を変える清雅を見てすぐに状況を察すると、カエルに駄賃を放り投げて言った。

「清雅殿、すぐに帰りましょう。私がお送りします」

「あぁ、頼む」

清雅は歯朶野の肩に手を置く。歯朶野は心得たように頷くと、そのまま風を巻き起こして瞬間移動した。

＊＊＊

「嫌っ！　やめて！　離して！」

藍は部屋の中で沢胡の手を振り払おうと躍起になっていた。沢胡に奪われないよう両手で鉱石を握っている。

「藍様、その鉱石は危ないものです！　どうかお話を聞いてくださいませ！」

沢胡は無理に取ろうとはせず、困り果てたように眉をハの字にして藍に懇願した。

「嫌よ！　聞きたくない！　これはわたしがもらったものだから……！」

「藍様、落ち着いてください！」

静瑠もオロオロと声をかけるが、藍は全員が敵に見えて、その場から逃げ出した。

部屋に閉じこもり、鉱石をしっかり握りしめる。すると、耳元で植物たちの囁き声が聞こえてきた。

『それは絶対に誰にも触れさせないで』

『それは藍のもの』

『他の者に触れられると霊力が弱くなってしまう。私たちの声も聞こえなくなる』

植物たちの声が警告を促す。沢胡から鉱石を取られそうになってからずっとこうだ。

「わたしの異能は誰にも渡さない。でないと、わたしの居場所がなくなっちゃう」

『そうだよ。誰にも渡さないで』

「うん……絶対に」

「藍！」

その時、部屋の外から清雅の声が聞こえた。なんだか切迫したような声であり、藍は怪訝に思う。

「清雅さん……帰ってきたのね」

『藍』

植物の声が脳内にキンと張り詰めるように響き、藍はその場から動けなくなった。

『その鬼を信用するな』

「え……？」

『その鬼は、お前を捨てるぞ』

「そんなわけ……」

信じられないことを言われ、藍は自嘲気味に笑った。しかし植物は複数の声を重ねて強く断言する。

『その鬼は、お前ではない者を探し、愛している』

「っ!?」

途端に息が詰まった。同時にふすまの向こうで清雅の説得が流れてくる。

「藍？　どうしたんだ。ここから出て少し話そう。藍、返事をしろ！」

藍はふすまを見据えた。

「そんな、嘘よ……そんなはずない……」

『嘘じゃないよ』

『だって、今日も一緒にいてくれなかったよ。いつも探しものしてるんだよ』

『ねぇ、私たちが嘘をついたこと、ある？』

じりじりと後ずさり、足がもつれて転んだ。頭が混乱し、なにが真実でなにが嘘か分からない。ただ、清雅を信じようと思うと頭が痛み、耳鳴りがしてくる。

「うっ……嘘よ」

「藍、開けるぞ」

清雅が遠慮がちにふすまを開ける。その後ろにはカッちゃんを抱いた沢胡と静瑠、さらに歯朶野までいる。藍は全員の顔色を見られず、鉱石を握ったまま頭を抱えてうずくまっていた。

「藍！　どうしたんだ？　どこか痛むのか？」

「清雅殿、藍様の手を」

「これか」

なにやら清雅と歯朶野がしゃべっているが、藍には聞こえてこない。

『裏切りだ』

『ひどい。ひどい裏切り』

『その男はいずれ、お前を捨てる。捨てる。捨てるぞ!』

その時、藍の手を清雅が掴み、鉱石を奪おうとする。藍はそれを振り払い、清雅を拒絶した。

「藍……?」

彼は目を見開き驚いたかと思えば、悲しそうに藍を見つめた。

「清雅さん……わたしに、嘘をついてますよね?」

静寂の中、勝手に飛び出す声は震えていて、自分でもなにを話しているのか分からない。だが清雅の耳にはよく届いていたようで、彼は言葉を失っていた。

考えてみれば彼は隠し事が多い。最近一緒にいてくれないこともあり、藍の中で急に疑念が溢れ出した。まるでなにかに操られているように。

「そうなんですね……嘘を、つかないでってお願いしたのに」

「なにを言ってるんだ。俺は嘘などひとつもついてない」

「それも嘘でしょう! あなたはわたしなんか愛してない! 誰か他の人を探しているんだって、わたしの異能がそう教えてくれたの!」

藍の叫びが清雅の耳をつんざき、彼はその場で固まった。

「それは誤解だ、藍」

しかし、彼のうろたえる顔を見ていると、この事実が嫌でも真実味を帯びていき目から涙がこぼれ落ちる。そしていてもたってもいられず、その場から逃げ出した。

「藍！」

「藍様！　お待ちください！」

全員を弾き飛ばす勢いで走って外に出る。針金のような雨が降り、地を叩く音はまるで心を穿《うが》つ慟哭《どうこく》のようだった。

今は誰も信じられない。誰の顔も見られない。やっぱり自分には居場所はない。愛されるわけがない。そう考えると悲しみで胸が張り裂けそうになり、苦しくなっていく。藍は胸を押さえて立ち止まり、草むらの中に倒れ込んだ。

「うっ……わぁぁぁぁ……ぁぁぁぁぁっ！」

今まで一度もこんなに大声で泣いた経験はなかった。声は枯れることなくとめどなく溢れ出していく。それが自分の意思かどうかもはや分からず、ただただ感情に任せて泣きわめいた。

その声をたどってくることは容易であり、清雅と歯朶野が藍を追いかけてきた。

「藍！」

清雅が藍の肩を掴んで揺さぶる。それでも藍は錯乱したように泣いた。

「これはもう……かなりまずいところまで侵食されていますよ、清雅殿」

「早くその鉱石を離すんだ、藍！　その鉱石がお前の心を乱している！」

清雅の必死な声も耳には届かず、藍は持っていた鉱石を清雅に押しつけた。

「そんなに欲しいならあげます。もういい……わたしはもう、あなたと一緒にいられない！」

「藍、惑わされるな！　気をしっかり持つんだ！」

しかし、藍は耳をふさいで聞く耳を持たなかった。清雅の後ろにいる歯朶野を見つけると大声で怒鳴る。

「歯朶野さん！　わたしを家に帰してください！」

「藍！　お前――」

「清雅殿、今はなにを言っても彼女には届きません。少しひとりにしてみてはいかがですか」

清雅の声を遮るように、歯朶野は拳を握りながら押し殺した声で囁いた。

「鉱石は離れました。ひとまず様子を見ましょう。樹太郎様には私から報告しておきますので」

そして歯朶野はその場で瞬間移動しようとした。自分を置いていこうとするので、藍は思いきって歯朶野の足に飛びついた。

「藍——！」

清雅の声が風の音にまぎれ、ブツリと途切れた。


「藍様！　なんて無茶な真似を……！」

歯朶野の叱責で、藍は閉じていた目を開けた。闇の中、静寂に包まれたこの地は雨が降っておらず鈴虫やカエルの鳴き声がし、小川のせせらぎが周囲から聞こえる。碧月邸の門にふたりはしゃがみ込んでいた。

雨が届かないということは、ここは黒夜領内からかなり離れているのだと分かる。

「ここなら、清雅さんも簡単には来られない……」

「本当にそれでよろしいのですか？」

歯朶野が厳しく訊いた。藍はぼんやりとする頭でこくりと頷く。

「だって、わたしは愛されてないから……だから、他の人を探しているって」

「求めるだけでいようとするほど愚かなことはありませんよ」

口を封じるようにピシャリと諫《いさ》められ、藍はハッと顔を上げた。歯朶野の目には軽蔑の色が浮かんでおり、藍はビクッと肩を震わせて硬直する。

彼はため息をつき額を押さえ、言葉を選ぶように唸ると藍の肩をゆっくりと掴んで真剣に言った。

「藍様、少しは頭が冷えましたか？」

「分からない……今は植物の声が聞こえなくて、頭もぼんやりしてて、わたしは……」

「まだ錯乱しているのか。いいですか、藍様。あなたに囁いていたのは、あなたの異能による植物の声ではありません」

歯朶野は藍の顔を覗き込みながら強い口調で述べた。それでも藍の頭は鈍い頭痛を発し、疑り深く考えてしまう。

「そんな！　あなたまでわたしに嘘を？」

「しっかりしてください！　あなたに優しく尽くしていたのはいったい誰ですか！　その顔を思い浮かべたら、それが真実です！」

彼の声が鼓膜を震わせ、藍はゆっくりと歯朶野の目を見た。彼の目は濃い緑色に染まっている。その必死な形相を見ているうちに、脳内に見知らぬ映像が浮かんだ。

手を差し伸べるその顔――切れ長の目元、美しい青い瞳を信じたくてたまらない。

でも本当に信じていいのか分からない。

「わたし……わたしは、どうして……」

どうして急に清雅を信じられなくなったのだろう。

頭を抱え、自分の行いを省みる。だんだん混乱していた頭が冷静になっていき、藍の胸に罪悪感が巡った。

　すると歯朶野の目が緩み、安堵の表情を見せる。それは彼が初めて見せる柔和な顔だった。

「清雅殿は私が操られた時に躊躇《ちゅうちょ》なく異能を使ってきました。そうして洗脳を解いてくれたんです。でも、あなたにそれはできなかった。あなたが水を恐れるから、洗脳を解くためでもあなたを苦しめることはできないと話していましたよ」

　その言葉に藍はゴクリと唾を飲んだ。いつの間にそんな話をしていたのかは分からないが、それほどまでに清雅から大事にされていたのだと気づく。そして鉱石に心を簡単に掌握されたことも。

　それが情けなくて喪失感に駆られる。それと同時に清雅からの深い愛情を思い知る。どうしてしっかり話を聞かなかったのだろう。悔やんでももう遅い。

「嫌われてしまった……絶対、嫌われた……！」

「大丈夫です。清雅殿は分かっておいでです。ただ少し傷ついてはいるかもしれませんが」

　歯朶野は微笑を浮かべながら立ち上がり、藍に手を差し伸べる。

「さぁ、帰りましょう。あなたの家はもう黒夜家です」

　藍は顔を上げた。

　碧月家の門を見るだけで思い出すのはつらい日々。ここに自分の居場所はないのだと分かるが、藍は涙を拭って歯朶野の手を取らず自力で立ち上がった。

「藍様？」

「母の遺骨を取りに行ってもいいですか？　荷物をまとめます」

「それなら私がお送りします。あなたはここへ来てはなりません。先ほどの鉱石、あれは魅季様と桜花様の異能によって作られた洗脳の石です。それが彼女たちの答えなんですよ」

歯朶野の言うことは分かる。まだ鈍く痛む頭が嫌でもそう訴えており、藍は到底魅季と桜花を許す気にはなれなかった。それならなおのこと自分の持ち物をすべて引き取り、父にひと言挨拶して二度と足を踏み入れない。

会いたくはないが、魅季と桜花にもその意思を伝えて縁を切る。藍の目にはそんな決意が表れており、歯朶野も強くは反対できなくなった。

「……危険を承知で行くんですね」

彼のため息交じりの言葉にも藍はしっかり頷く。

「覚悟の上です」

「私はこの屋敷に、とくに魅季様や桜花様には手も足も出せません。万が一、屋敷の者に見つかったらあなたにどんな危険が及ぶか……ここは樹太郎様の目が行き届いている屋敷ですが、不穏は尽きません。それでも行きますか？」

「無謀だって分かってます。でも、そうしないとわたしは、自分が許せない」

それもこれも自分の心の弱さが招いたことだ。悪意に立ち向かう気力がなくては、またすぐに何者かの手によって簡単に踏みにじられるだろう。そうして大事な彼を傷つけるのはもう嫌だった。

「承知しました。では、ついてきてください」

歯朶野は藍の前に立つと、袖を翻しながら藍を守るように先を歩いた。屋敷は水を打ったように不気味な静けさが漂っており、誰も彼もが息をひそめている。屋敷の中でも人目につかない場所を選び、庭から藍の部屋を目指していた。

藍も物音を立てないように歩く。誰にも会わずに帰れるとは思っていなかったが、細心の注意を払っているので本当に何事もなく用を済ませられそうだった。

「藍様、もうすぐです」

歯朶野の小声がかすかに届き、藍は息を殺す。その時、藍の近くで鋭い悲鳴にも似た植物の声が聞こえた。

『藍！　あぶない！』

「え？　カッちゃん？」

藍は思わず振り返り、闇夜に目を走らせる。その瞬間、藍の体に棘がついたいばらが巻きつき、勢いよく引っ張られて宙に浮く。歯朶野の声は届かず、そのまま遠い地面に叩きつけられ頭を強く打った。

「ふふふっ、馬鹿な子――」


気を失う前に桜花の声がした気がする。脳が覚醒し、体の機能が動き出すと同時に近くで笑い声が聞こえてきた。どのくらい眠っていたのか分からないが、そう長くは眠っていないはずだと認識しながら藍はゆっくりと目を開く。

そこは古びた薄暗がりの狭い部屋で、傍らには桜花が姿勢よく座っている。藍は驚いて弾かれるように起き上がると、桜花から距離を取った。

「あら、お姉様。おはよう」

桜花は純粋に愛らしい笑みを浮かべて藍を見た。すぐに彼女の周囲に花が咲き、むせ返るような匂いを漂わせる。無意識に心臓が震える気がし、藍は気を紛らわそうと周囲を見た。

「ここはどこ？　歯朶野さんは？」

「久しぶりに桜花と会ったというのに、挨拶もないのです？」

桜花の横からさらに声がし、すぐに誰だか分かった。魅季だ。桜花の横から顔を覗かせるその目は爛々と紫色に光っている。清雅の屋敷で見た顔とはまったく違うそのおぞましさに藍は息を詰まらせた。

「まぁ、落ち着いて。ゆっくりお茶でも飲みましょう」

魅季は光る目を伏せると手元に置いていた急須を取って湯呑に熱い茶を注いだ。

「黙って戻ってくるなんて水臭いじゃない。よっぽど黒夜の若様にひどいことされたのね。可哀想に」

言葉とは裏腹に桜花は愉快そうにクスクス笑う。

「だからやめておけばよかったのよ。ま、どっちにしてもお姉様の行く末は真っ暗闇でしかないのだけど」

「どういうこと？」

それだけやっと言えた藍を、桜花の目がじっと見つめる。口を開くなと言わんばかりのその目に射抜かれ、藍は蛇に睨まれた蛙《かえる》のように動けなくなった。すると魅季がかいがいしく三人分の茶を用意し、手元に置く。

「さぁ、お話をしましょう。桜花、少し我慢なさい」

おっとりとした口調の魅季は茶をすすって飲んだ。桜花も「はあい」と面倒そうに返事して茶を飲む。

藍は動けないままだった。これを飲んではいけないと全身が警告している。

やがて、ふたりは同時に湯呑を床に置いた。

「さて、あの黒夜別邸でした話で、まだ明かしていないことがありましたの」

そう言うと魅季は傍らに置いていた煙管《きせる》を取って蒸し始める。目に沁みるほどの煙が漂い、すっかり視界が悪くなる。おぼろげになったふたりの影と蝋《ろう》の明かりだけとなり、藍は恐怖で身がすくんだ。どこからともなく声がする。

「藍さんは不思議に思いませんでした？　史菜さんが隠り世を追われ、碧月家から白羅家に縁談がきたという話」

「それは……碧月家の当時のご当主様が決めたって……」

藍は鈍い頭を回しながら答える。不自然な点があるのだろうか。

ふぅっと煙を吐く音がする。その煙を吸い、薄紅に光る目玉を見ていると、急激に頭の中が冴《さ》え渡った。

「あっ……桜花……」

「そう、桜花が生まれた時期が合わないの」

魅季の鋭い言葉に藍は口を押さえた。桜花は藍のひとつ年下だ。藍が生まれた翌年に生まれなければ年が合わない。そのからくりの具体的な詳細は想像できないが、嫌な予感は胸の内でも感じている。

「お父さんが、どうして魅季さんと結婚したのか……。それって……」

「史菜さんの他にわたくしがいたから。それ以外にないわね」

魅季の声がゆうらりと漂い、藍は衝撃のあまり息ができなくなった。

簡単に信じてはいけない。そう頭で自分に言い聞かせる。

「お父様もひどいわよね。でも私は別に問題ないわ。当主として選ばれたのは私だもの。どうでもいいことよ」

桜花は割り切っているのか、それとも最初から知っているのか大した反応は見せない。それが余計に藍の感情を負へと陥れる。

もし本当だとしたら、母が捨てられた意味も説明がつく。夢で見た記憶はやはり幻だったのだろうか。その思考をかいくぐるように桜花の苛立ちが鋭く放たれた。

「ただ、あなたの存在は気に食わない。黒夜様と結ばれて、私より上の立場になれると思ったら大間違いよ！」

桜花は癇癪を起こして立ち上がると、威圧的な視線を浴びせた。むせ返るような毒気を帯びた花の香りが藍の全身を包む。

怖い。鬼が持つ他を圧倒するオーラは強烈で、誰もがひれ伏したくなるほどの支配力がある。しかし、藍は震えながらも絶対に目をそらさなかった。

「どうしてあなたたちはわたしの存在を否定するの？　わたしとお母さんがなにをしたっていうの？　ただ感情任せに牙を向けているだけじゃない……」

きっと会話は不可能なのだろう。分かり合えない生き物なのだと悟る。

「わたしが消えれば満足でしょう？　碧月の家にはもう帰らないから……」

「ぬるいわ」

桜花の声が遮り、藍はとっさに口をつぐんだ。

「私はあなたに死んでほしいの。私に恥をかかせて、のうのうと生きられると思わないで」

藍は身の危険を感じ、即座に立ち上がった。壁に手をつき、ここがどこなのか探るも分からない。とても狭い部屋だということは分かる。その時、煙の向こうが月夜に照らされ、この部屋の正体を知らせた。

ここは屋敷の中ではない。考えてみれば当然だ。父がいる屋敷で藍を殺すことは、たとえ桜花や魅季でもできないはず。だから屋敷から離れた納屋に閉じ込められているのだ。

その瞬間、藍は急にバランスを崩し、その場に倒れた。手足に痺れが走り、全速力で走った後のような疲労感と虚脱感が巡る。不意に心臓が激しく震え、藍の喉から勝手に呻き声が漏れた。

「あっ……くっ……」

なにかがおかしい。全身の血が危険を感じたように忙しなく巡り、息が上がる。

「ようやく毒が回ってきたようね」

魅季の冷酷な声が藍の頭に降ってくる。

――桜花の異能……！

まさか花を咲かせるだけではないのか、そう考えている間にも体を毒が蝕《むしば》んでいくのが分かり、藍はふたりを睨みつけた。しかし、桜花の足が藍の体を踏みつけ、その衝撃につい悲鳴が飛び出した。

「あぁっ……」

「そこで無様に死んでいくがいい！　あははははっ！」

その声は桜花のものか魅季のものか判然としない。藍は胸を押さえ、必死に呼吸を繰り返した。ふたりは高笑いしながら藍をひとり残して闇の中へ消えていく。

寒さを感じる。もう助からない。藍は仰向けになり、迫りくる死を感じながらゆっくりと諦めていった。

そんななかにふとよぎるのは、優しく愛情を注いでくれた、あの青い瞳。

彼の悲しげな顔が急に頭の中に浮かび、藍は静かに目を閉じた。

「最期に……清雅さんに、謝りたかっ……た」

その時、閉じたまぶたの向こうが明るみを帯びた。

＊＊＊

清雅は碧月家の門を背にして、真っ暗な水平線を忌々しく見つめていた。

藍が捕まってすぐ歯朶野が樹太郎に伝えた後、瞬間移動で清雅の元へ向かい伝えたのである。清雅は静瑠を伴い、肩にカッちゃんを乗せてただ静かに時を待っていた。

「お前はよくやった」

カッちゃんの頭を撫でてやると、それまで毛を逆立たせていた体がようやく緊張を解くように収まり、しっぽを揺らして「にゃあぁ」と清雅に甘える。

「清雅様」

静瑠が冷えた声音で言い、見つめていた先の動きを察した。ふたつの影が歩いてくる。鬼の目は夜目がきき、静かな暗闇の中でもはっきりと誰だか分かった。魅季と桜花だ。

彼女らも清雅の様子を捉え、眉をひそめて立ち止まる。しばらく互いの牽制《けんせい》があり、どちらが先に動くかの我慢比べだった。

「……桜花」

魅季が娘に耳打ちする。その一瞬の隙を突くように静瑠が動き、魅季に向かって水の鞭《むち》を振るった。魅季は間一髪でよけたがその場に転がる。

「お母様！」

「行きなさい！　早く！」

桜花は母の言いつけどおり、くるりと踵を返して元来た道を走った。

「逃がすか！」

静瑠は水を自在に操り、幾重もの水柱を出す。しかし桜花も負けず、いばらのバリケードを作って姿をくらました。

「静瑠、ひとまずその女を捕らえろ。娘は後でいい。どうせ雑魚だ」

ゆっくりと清雅は歩み寄り、冷え切った目で魅季を睨みつけた。魅季の目には怯えがあったが、本能に逆らって清雅を睨《ね》めつけるように紫色の瞳を光らせる。

「碧月魅季、貴様は黒夜家の花嫁に手を出し、錯乱させ、あまつさえ拘束した。我が家の主が一族の頭領と知っての狼藉《ろうぜき》。簡単に許されると思うなよ。今に頭領の沙汰によって貴様に厳罰が下る」

「フン……それはどうかしら。そちらこそ、碧月領内で当主の許可なしにその伴侶に異能を向けた。これは鬼童丸一族の掟《おきて》に背く敵対行為とみなされるわ」

魅季は乱れてほつれたおくれ毛を耳にかけながら、低い声音で言った。それまでの淑やかさは鳴りをひそめ、好戦的な笑みさえ向けてくる。彼女は悠然と立ち上がると、壊れたように笑った。

「くくっ。しかもわたくしに罰が下るですって？　そんなの分かりきってるわよ。その覚悟がなければこんなことできないわ。藍を殺せたらそれでいいのだから！」

眼球を剥き出しにして笑う魅季は悪鬼羅刹《あっきらせつ》のごとくあり、静瑠でさえも怖気を感じたようで立ち尽くしている。清雅の肩に乗っていたカッちゃんは威嚇するが、あまり意味をなさない。

「あの女も藍もわたくしの邪魔ばかりする！　憎い……憎たらしいあの女と樹太郎様が一緒になった時からすべて狂ったのよ！　そしてその娘も桜花の邪魔になる！やっぱり九年前に母娘ともども殺しておくべきだった！」

魅季の激しい怒りが闇夜にわななく。彼女の憎悪はとどまることを知らない。

「いい覚悟だ」

清雅は冷静にそれだけ言うと魅季に手をかざす。黒い瞳が青に染まり、怒りを示すように光の残像を帯びた。

「今、この場で貴様を殺してやる」

静かな怒気が周囲の草木をいなしたが、魅季はものともせず両腕を広げている。その背後から、突如この場を制するような桜花の叫び声が聞こえた。

「黒夜清雅！　お母様に手出ししたら藍を殺すわよ！」

桜花はぐったりとした藍を抱えて戻り、彼女の首筋に刃物状のいばらを当てて脅した。もはや虫の息の藍は清雅の姿に気づいていない。

「ここは私の領域！　たとえ一族頭領の息子でも自分の領外での不始末は許されないわ！　碧月家と戦争をするなら受けて立つけどね！」

桜花は邪悪な笑みを浮かべて清雅に決断を迫る。しかし、清雅は藍が危険な目に遭ってもその場から動こうとはしなかった。喉の奥で笑い声を漏らす。それがだんだんと大きくなり、桜花は眉をひそめた。

「な、なにがおかしいの……」

「ははは、お前、それで俺を脅しているつもりか？　まったく、おめでたい頭だ。くくくっ」

清雅は額を抑えて笑った。その様子に魅季も不審を抱いたのか、桜花とともに清雅へ疑念の目を向ける。桜花はなおも藍の首に刃物を当てて脅そうとした。

「はぁ？　意味分かんない……あなたが欲しがった娘でしょ。それともなに、もう用済みってわけ？」

「フッ。愚か者め」

清雅のその声と同時に藍が桜花の手からするりと抜ける。その素早さに桜花はなにが起きたのか分からず目をしばたたかせた。目の前にいる藍を見つめ、それから静瑠を見る。

「ま、まさか……」

藍の顔が変わる。水滴となって藍の顔が風に乗って消え、沢胡の姿に戻る。

「あ、藍は？　藍はどこ？　さっきまで一緒にいたのに……！」

腰が抜けてその場にくずれる桜花。魅季も青ざめた表情になり、口もきけない状態になった。

一方、沢胡は静瑠の横に並ぶと桜花を冷ややかに睨みつける。

「藍様はすでに清雅様が救出した」

その言葉に桜花はわなわなと震えだし、慌てていばらのバリケードを作ろうとするが静瑠の水柱で阻まれる。

「お前たちの負けだ」

清雅の青い瞳がいっそう光り、魅季と桜花は呆然とした。


——それは数時間前、藍が屋敷を飛び出した直後のこと。藍を追いかけようとした清雅に歯朶野が鋭く叫んだ。

「清雅殿！　藍様はこの後、碧月家に戻ります！　戻れば魅季様に捕まるでしょう！」

その鬼気迫った歯朶野の目は緑色に染まっており、彼が異能によって藍の行く末を察したのだと分かる。清雅は冷静に思考を回し、すぐに沢胡を見た。

「分かった。沢胡、なにか手頃なものに変身しろ。銀雪の懐に忍ばせる。銀雪、お前は魅季たちに逆らえない。お前は藍を連れていった後、うまく立ち回れ。静瑠は父に連絡」

　このわずかな時間で的確な指示を出し、清雅は歯朶野とともに藍を追いかけに行ったのだった。

　藍が歯朶野とともに碧月家へ移動した後、すぐに屋敷へ入り自身にまとわりつく水滴を払って碧月家へ乗り込む準備を整えた。それからしばらくして歯朶野が血相を変えて戻り、手短に顛末《てんまつ》を聞くと静瑠とともに碧月領内へ入った次第である。

「沢胡殿は藍様のスカートのポケットに宝玉として身をひそめています。また、どうやら子猫が藍様にくっついていたみたいです」

　歯朶野は袖からカッちゃんを出し、清雅に見せた。カッちゃんは藍が屋敷を飛び出した瞬間に藍の背中にへばりついていたのだった。

「にゃあああっ！」

　カッちゃんは清雅の顔を見るなり、大きな声で鳴くと涙をこぼして抱きついてきた。

「藍の居場所、分かるな？」

　清雅がカッちゃんの頭を撫でてなだめると、カッちゃんは鼻をぐずぐず鳴らしながら頷く。ぴょんっと飛び降りて、草むらの中に降り立つと清雅を見て道を示した。

『こっちだよ！』

その言葉は誰にも聞こえていなかったが、全員の足は自然とカッちゃんについていく。そうして魅季たちが納屋から出たところを見計らい、裏から壁を壊して藍を見つけたのだった。

「清雅様！　藍様が……っ」

変身を解いた沢胡がぐったりとした藍の横で涙目になって訴える。血の気の失せた藍の顔を見ると、清雅の中で怒りが爆発した。強い妖気がほとばしるが、まずは藍の命を救わなければならない。

「藍！」

清雅は藍を抱き起こし、声をかけた。

「毒です！　桜花の毒を浴びたんです！　魅季と桜花は毒除けの煙で身を守っていましたが藍様は……」

「分かった、もういい」

沢胡の説明を遮ると清雅はすぐに浄化の水を出し、藍の口に含ませた。

「藍、目を覚ませ……覚ましてくれ」

しかし藍は水を飲んでも一向に目を覚まさない。

「藍！」

「清雅殿、一刻の猶予もありません。ひとまず藍様を安全な場所へ」

外を見ていた歯朶野が言い、清雅は「あぁ」とうるさそうに返事した。

「あまり動かすのはよくない。銀雪、藍を樹太郎殿のところへ移せ。俺たちにはやるべきことがある。始末をつけよう」

そう言って清雅は藍の手に宝玉を握らせ、静瑠と沢胡を見やり、視線だけでどうするか双子に伝えて納屋を出た。

——父がなんと言おうと、あいつらを殺してやる。

胸の内側では殺意がたぎっていたが、目は悲哀を帯びていた——。

そのような顛末を魅季たちに聞かせるつもりはなく、清雅は手のひらから無限の水を出すと間髪を入れずに母娘へ向けた。

「死ね」

ふたりは悲鳴をあげる間もなく水に包まれ、必死にもがく。水は密度を増し、母娘を圧迫した。

「藍が受けた苦しみを味わえ……！」

清雅の異能は凄まじく、ふたりは大量に水を飲みながらもがいていた。先に桜花が意識を失い、魅季の怒りに歪んだ目が清雅を見るが、彼女も息が続かず溺れていく。

その瞬間、清雅の異能が一陣の風によって吹き飛ばされ、母娘が解放された。清雅の異能を打ち消すほどの威力に誰もが背後を見やる。

「頼む。それだけはどうか、今一度待ってほしい」

静謐《せいひつ》な空気をまとい、長い銀髪を風でなびかせながら現れたのは碧月家当主、樹太郎だった。その後ろには歯朶野が静かに控えており、清雅に目だけで藍の無事を伝えている。

樹太郎は全盛期より痩せ細っており頼りない柳の葉を思わせる姿だが、異能の力だけは健在だったようで、清雅ですらその力を前にしてはなすすべがない。魅季と桜花は水たまりの上で伸びている。

「清雅くん、君にそんなことはさせられない。どうかふたりを許してくれ」

「許す……？　そんなことができるはずないでしょう」

怒りで声が震える。そんな清雅に樹太郎は憂いを帯びた目を伏せた。

「すべての責めは私が受ける。碧月家の当主も、私の血筋はここで途絶える。それに瑞之介……頭領の沙汰もそろそろ届くだろう。だからどうか耐えてほしい。君の気持ちも分かるが、あれでもふたりは私の家族なんだ」

「家族？　ははっ、どこまでもお人好しな方だ、あなたは。その女はあなたの妻を殺し、妻と騙《かた》り、家を乗っ取ろうとした外道だ。そして碧月家の隠し子は桜花のほうそうでしょう？」

清雅は怒りを滲《にじ》ませながら言った。全員の目が樹太郎に注がれると、彼はため息をつくように口を開いた。

「そう。桜花こそが隠し子……しかも私の父と魅季の子である。これが真実であり、根腐れた我が血統の末路でもある」

樹太郎はそう白状すると、激しく咳き込んでよろめいた。歯朶野が一歩遅れて彼の体を支える。それを清雅は軽蔑的な目で見つめていた。

「こんな恐ろしい話は公にできないからな。守り通さねばならない」

地に手をつく樹太郎がか細い息で続ける。

「どのみち藍を引き取った時から魅季の恐ろしい計画、桜花の愚かな仕打ちは想定内だった。だが、史菜の願いは叶えたかった。私が役目を放棄できないことを彼女は分かってくれ、最期まで私を想ってくれた彼女の願い……あの子を幸せにしてくれという願いを」

「樹太郎様、これ以上は体に障ります」

いてもたってもいられなかったのか歯朶野が口を挟むが、樹太郎はそれを制してさらに話を続ける。

「史菜が息を引き取った後、その魂が私の枕元に立ったんだ。だが、家は以前と違って危険。私も桜花の毒に冒されていたから藍を表立って守れなかった。藍には酷なことをした」

「それで俺に託すと……なんて身勝手な」

「君が藍を必要としていたことを知っていたからね」

清雅の嘲笑を一掃するような樹太郎の言葉が鋭く切り込む。これに清雅は押し黙るしかなかった。

「さて……ひとまず家に入ろう。銀雪、魅季と桜花を地下に隔離してくれ。清雅くんは私の部屋へ。皆も屋敷に入ってくれ」

そう言うと樹太郎は歯朶野の手助けを借りず、ゆっくりと自分の力で立ち上がり、屋敷へ足を向けた。

＊＊＊

——碧月樹太郎と史菜は現し世で出会い、結ばれ、隠り世で婚礼を上げた。それからほどなくして藍が生まれ、樹太郎と史菜は幸福な気持ちで藍の成長を見守る。

翡翠色の瞳、優しそうに垂れた目元、美しく艶やかな銀髪を持つ父の優美で端正な顔立ち。樹太郎は優雅に微笑むと藍の頭を撫で、宝玉をふたりに持たせた。

すると彼は嵐を感じたように、鋭い視線になる。藍を抱いた史菜を安全な場所へ逃げるように促した。

『史菜、藍を連れて逃げろ』

それが発覚したのは藍が七歳を迎える年。先代当主が白羅家で宝玉を作った際、魅季との間に子を設けていたことが分かった。それだけならまだしも魅季はある日、桜花を連れて碧月家に押しかけてきたのだ。

『樹太郎様との婚姻を認めてもらうために、碧月のご当主様にお願いいたしましたの』

胡乱な眼でそう言う魅季を哀れに思った史菜は、樹太郎の反対を押し切って魅季を屋敷に招き入れた。当主、蓮樹の不埒《ふらち》な行動に同情したのだが——魅季は最初こそ史菜の優しさに喜んでいたが、いつしか彼女を虐げるようになった。

そもそも魅季は樹太郎に取り入るため、こうした強行に出たのである。そのことを知った史菜は俯くようになる。樹太郎は我慢ならなくなり、妻と娘を遠ざけようと決めたのだ。

しかし、魅季は史菜への執着が強かった。

『逃がさないわよ、史菜』

背後から魅季の恐ろしい声が聞こえる。

ある日、樹太郎と史菜、そして藍は魅季の猛威から逃げていた。樹太郎が藍を抱き、史菜を連れて山を登り、隠り世と現し世の狭間へと向かう。

しかし史菜は魅季の手に捕まり、持っていた宝玉を壊されてしまった。倒れる史菜の背中を魅季の足が踏みつける。

『そこで無様に死んでいくがいい！』

樹太郎は藍を抱えたまま魅季を吹き飛ばし、史菜を抱えて現し世へ向かった。

別れを告げ、家族は離れ離れになる。それから史菜はじわじわと病がちになっていき——。

藍は両親の壮絶な過去を見ていた。

——これは、夢だ……今ならはっきりと全部が見える。

『藍』

背後で声がし、振り向くとそれにつれて映像がまっさらになっていった。一面に青い空が広がる蒼穹《そうきゅう》の世界に母、史菜が立っていた。

『お母さん！』

藍はすぐに駆け寄り、母の胸元へ飛び込んだ。

『わたし、死んでしまったの？　だからお母さんのところに……？』

すると母は困ったように笑って小さく首を横に振った。

『あなたの宝玉はまだ生きてるわ』

『え？　宝玉……あれ？』

藍はいつの間にか右手に宝玉を握っており、それに気がついて驚く。

すでに宝玉は濃い藍色になって光を放っていた。藍は宝玉を確かめるように手のひらで転がす。

一方で母はクスクス笑い、藍の頭を撫でた。

『相変わらずぽやっとしてるわね。そういうところ、私にそっくり。優しすぎて涙もろくて怖がりで……』

『それ、褒めてないでしょ』

藍は頬をふくらませた。

母はなおも笑い、藍もつられて笑ってしまう。しばらくして母は藍の手を包むように握った。

『あのね、この宝玉は私たち人間の血を継ぐ者だけに与えられる、霊力と命をつなぐものなの。これを失くしてしまうと力が使えないし、隠り世での生活で体に悪影響を及ぼす。壊れたら生きる力もどんどんなくなってしまうから大事にするのよ』

『そっか……だからお母さんは……』

藍は宝玉を握りしめ、鼻をすすった。母は申し訳なさそうに目を伏せた。

『ごめんね、藍。つらい思いばかりさせちゃったわね……』

『ううん。わたしは大丈夫……いや、やっぱりつらかったかも。ずっとつらかった』

藍は素直に言葉を吐いた。母はため息をつき、藍の頬を両手で包む。

『だから、これからは幸せになるのよ』

『幸せに……なれるかな』

『あなたを受け入れてくれる人がいるでしょ。だから大丈夫』

母は藍の鼻を少しつまんでおどけるように笑うので、思わず母の手を取って笑った。

『ねぇ、お母さん。わたし、清雅さんを信じていいのかな。素直に清雅さんに甘えて、愛していけるかな』

今もなお自信はない。清雅を傷つけてしまい、そんな自分を変えたいと強く願ってもまたいつかどこかで、自信を失いそうな気がする。なんとも不安定な心が恨めしい。

『藍は清雅さんのこと、大好き？』

ふいに母が訊く。

『え……っと、うん……』

今さらながら、母に好きな人の話をすることに気が引けてきた。恥ずかしくなり顔が熱くなる。そんな娘の様子を見て母は安心したように笑った。

『だったら大丈夫』

いったいどうして母は自信たっぷりにそう言えるのだろうか。愛という不確かなものを当たり前のように受け入れていることが不思議でたまらない。

『ねぇ、藍。あなたは隠り世の記憶だけじゃなくて、他にも大事なことを忘れているのよ』

そう言うと、母は藍を抱き寄せた。瞬間、母の姿形が水の泡となってパッと消えていく。

『お母さん！』

藍は思わず叫んだ。

母に会えたことで忘れていたが、ここは夢の中だ。地面が濡れていく。蒼穹の空が水面に映り、空と地はひとつとなる。しかし藍は水に濡れることで恐怖を抱いた。すぐに水面が藍の体を包むように満ちていき、藍はザブザブと水の中を走って逃げた。いつの間にか幼い頃の姿に変わり、悲鳴をあげる間もなく濁流に飲み込まれる。

それはある嵐の時だった。藍は川で溺れ、必死に母を呼んだが気づいてもらえなかった。

――痛い……苦しい……助けて……！

水の強い力に抗えず、諦めようとしたその時、誰かが藍の体を包み川岸へ運ぼうとした。

『おい、しっかりしろ！　死ぬな！』

必死に呼びかけるその声音は、なんだか聞き覚えがあるが誰なのか思い出せない。

深みはまだなくとも男性の声だということだけは分かる。

藍は水面に顔を出し、深く呼吸した。ようやく目を開けられ、自分を運ぶその人を見る。薄暗がりの中で彼の青い瞳が光を帯びていた。

しかし、激しい濁流で木の幹が彼めがけて流れてくる。それを視界に捉えた藍はとっさに『危ない！』と叫んだが、間に合わなかった。

『くそっ……この俺が、川で溺れるとは、末代までの恥だ』

彼は腹に幹が刺さったまま歯を食いしばって藍を川岸に放り出した。藍はすぐ彼に手を差し伸べる。しかし彼がその小さな手を取ることはなく、自力で這い上がるとその場で仰向けになり腹の幹を抜いた。

『大丈夫だ、そんな顔をするな……お前のせいじゃない』

黒い和服姿の十代ほどの少年——記憶にある彼よりひと回り小さく感じる。

——どうしてわたしはこの人を知ってるんだろう……。

そう考えながら彼の青い瞳を見つめると、急に寒気を感じてくしゃみをした。

『風邪引いたら大変だ。ほら、動けるならさっさと帰れ』

彼は手のひらから水を出そうとしたが、傷のせいかうまく力を使えなかった。苛立ちまぎれに岩を叩くその力も弱い。

藍はとっさにスカートのポケットを探った。

『なにをしている。母親が心配するぞ』

　息が上がっていく彼の目の前に、藍は自分の宝玉を差し出した。

『お母さんから聞いたの。これを持っていれば力が湧き出るよって。だから、これをあげます。わたしを助けてくれて、ありがとう……！』

　それは彼と同じ青い色をしている。彼の手に無理やり握らせ、母の元へと走る。背後から彼の呼び止める声が聞こえた気がしても、藍は振り返らずに走った。

　暗い森の中を必死に走る。出口が見えない。この記憶を今、伝えたい相手がいる。しかし気持ちが急くばかりで前に進んでいる気がしなかった。重たい暴風の中を夢中で走る。次第に目も開けられなくなり、どこを走っているのか分からない。

『藍……』

　誰かが名を呼んでいる。その声に従い、藍はゆっくり一歩ずつ前へ進んだ。まぶたの向こうに眩《まぶ》しさを感じ、手を伸ばすとしっかりとしたぬくもりを感じる。その強い手に引き寄せられていき、藍はゆっくりと目を開けた。

　手を差し伸べるその顔――切れ長の目元、美しい青い瞳は、信じたくてたまらない愛しい彼だった。

「藍！」

　清雅が藍の顔を覗き込み、なおも名を呼ぶ。それに答えるように藍は微笑んで清雅の首に手を伸ばした。それを迎えるように清雅は藍に顔を近づける。

「清雅さん……ごめんなさい」

藍は彼を優しく抱き寄せながらかすれた声で言った。起き上がろうとする藍の背中を優しく支える清雅は小さく首を横に振る。

「気にしてない。そんなことより、お前が心配だった……本当によかった」

「ごめんなさい」

「謝るな。悪いのはお前じゃない」

しかし、藍は熱い涙をこぼしながらずっと言葉を繰り返した。

何度でも伝えたい。傷つけたこと、心配をかけたことを謝りたい。そして次に感謝を伝えたい。たくさんの『ありがとう』を込めて清雅を抱きしめる。まだ弱々しい細い腕でありったけの力を振り絞った。

「ありがとう。それから……それから」

「藍、一気に伝えすぎだ。まだ混乱してるのか?」

「ううん、違います……違うの。わたしは、あなたにいっぱい伝えなきゃいけないから……」

藍はゆっくりと清雅から離れ、彼の目をしっかり見た。美しい青の瞳がうっすらと潤んでいる。

「清雅さん、わたし……あなたが好きです」

もう絶対に揺らがない。そしてもう絶対に忘れない。忘れたくない大事な記憶を取り戻したら、心に彩りが蘇った。

清雅は藍の告白に目をしばたたかせる。そんな彼の頬を手で撫で、藍は優しく笑った。

「ずっと、わたしを探していたんですよね。宝玉をあなたに渡して、そのままにして……忘れて――」

言い終わらないうちに清雅が藍を抱きしめた。それがすべての真実《こたえ》だ。

「愛してる」

彼の甘くかすれた声が藍の心に沁み渡った。

それから二日後、碧月魅季と碧月桜花は、黒夜瑞之介からの命令で碧月家からの追放が言い渡された。魅季に至っては実家の白羅家に戻ることも許されず、遠い僻地《へきち》で幽閉されて暮らすという。その夫である樹太郎もともに。

「どうしてお父さんまで……」

ようやく体の自由がきくようになり、碧月家で静養している時、黒夜瑞之介をはじめとする各家の当主らを前にして藍は強く抗議した。

「お父さんは被害者ですよ。それなのに、どうして」

「藍さん、申し訳ないがこれは掟なんだ」

そう説き伏せるのは瑞之介だった。

「俺たちは力を持っている。ゆえに大昔はこの力で幾度となく争い、家ごとの諍《いさか》いは正直まだ残っている。その微妙なバランスを保つことで長らく穏やかに過ごしているんだ。家を潰すことはできないが、このような事態が起きれば家の中で解決し、できなければ解体。他の一族が継いで仕切るというのが最善策だ」

以前よりしっかりとした様子で優しく諭す瑞之介だが、反論を受け付けないという強い圧力を感じた。

「しかしだね、そもそも白羅家と碧月家先代が招いた不始末だ。その娘の言い分も分からなくはない。これに白羅家はどう考えているのか、真意をお聞かせ願いたい」

キビキビと強い口調で話すのは紅炎家の当主だった。瑞之介よりひと回り年長の大男である。すると、宝石を身に着けた白羅家当主、魅季の兄でもある魑臣が冷や汗を拭きながら弁明した。

「いいや、これは私も知り得ぬことでして……しかし魅季に至っては、あれが娘の頃は甘やかされて育ったゆえに癇癪持ちで野心も強くてな。私も何度か命を狙われた。それほど厄介な娘だったのは確かである。樹太郎殿に執着していたこともあり、手がつけられん妹だったのだ」

「だからといって野放しにしていいはずがない！　あんた、その厄介者を碧月家に押しつけたのではないか！」

すぐさま抗議するのは黄錬家当主の若い女性。彼女はどことなく土萌に似ているが、強気な目つきが特徴的で甲高い声をあげていた。

白羅家が困り果て、他の当主が諌めようとする。これを藍はあわあわとうろたえながら見ており、ついに瑞之介が大きな咳払いをした。たちまち場は静まり返る。

「それに、これは樹太郎本人の意思でもある。彼の意思を尊重していただきたい。そうだろう、樹太郎殿」

瑞之介が声音を落として言うと、ふすまから樹太郎が現れた。歯朶野と清雅に支えられ、藍の前に座る父は夢で見るよりやつれていた。命の灯火が幾ばくもないような儚さがあり、藍は言葉をなくす。

「本当は藍に顔向けするつもりはなかったんだけどな……」

咳混じりの父の声音に懐かしさを覚える。

優しい父に飛び込みたい。しかし、その思いを抑えてじっとこらえる。

父は藍を見ずに瑞之介に向かって一礼した。すると瑞之介は唇を噛み、眉をひそめながら口を開いた。

「藍さんにはきちんと説明をしたほうがいいだろう。魅季がもともと気を病んでいたこと、そのせいで碧月の先代当主に取り入ったこと」

「そう、そして桜花が生まれ、これを知ったのはかなり時が経った頃だった」

樹太郎はそのままの姿勢で瑞之介の言葉を引き継ぐ。藍は目を伏せて父の話に耳を傾けた。

「私は、史菜と藍を現し世に戻した後、先代と長く争った。私も許せなかったんだ。気がつけば、私は先代を殺していた」

その衝撃的な事実に全員がざわつく。藍も息をのみ、とっさに口を手で抑えた。一方、瑞之介は頭領らしく表情ひとつ動かさず「それで」と先を促した。

「鬼は上位の者に逆らえない。そうすれば障りを受ける。私はその禁を犯した。先代を殺したことでその血が私を苦しめ、さらに桜花の毒を浴び続けた。だからこうなることは初めから決まっていたんだよ」

樹太郎はゆっくりと面を上げると、まっすぐに藍を見た。落ちくぼんだ目が優しく藍を見る。

「私はその償いをし、報いるために魅季と桜花を受け入れた。いろいろと複雑ではあるが、魅季は私との婚姻を強く望んでいただけだったのだ。そして過ちを犯し、生まれたのが哀れな桜花。深くは愛せずとも情はある。ただ、桜花を当主にしたのは……

この家を壊し、解放されたかったから、なのかもしれない」

樹太郎は静かにそう告げると、また深々と一礼した。

すっかり空気が冷え込み、誰も口を開かない。やがて沈黙を破ったのは白羅魑臣だった。

「……話はまとまったかな」

すかさず紅炎家と黄錬家の当主が睨んだが、瑞之介が咳払いで場を収める。

「では、碧月家当主は僻地への移送を決定する。家を継ぐ碧月家の者には追って連絡する。いかがかな」

皆が頷くと樹太郎は神妙な声で締めくくった。

「謹んでお受けいたします」

父が移送先へ発つ際、藍も立ち会いが認められ、見送ることができるという。家のものを簡単にまとめ、牛車に詰める作業を手伝った。清雅や静瑠、沢胡、カッちゃんまで残ってくれたのでみんなで静かに片付けをする。魅季と桜花はすでにどこぞの地へと移送されたらしく、会うことはなかった。

藍は憂鬱な気持ちで牛車の前に立つ父と歯朶野を見た。

「銀雪、お前、本当にいいのか？」

樹太郎が歯朶野に訊く。使用人の中では彼だけが一緒に向かうという。歯朶野は軽く笑いながら返した。

「当然ですよ。私は樹太郎様の従者。どこまでもついていきます」

「まったく……。清雅くん、この子に誰かいい鬼の娘を探してきてくれないか。人でもいい。このままだと死ぬまでついてくると言いかねない」

樹太郎が呆れてため息をつくので、清雅が噴き出した。

「ぜひ、そうしましょう」

「余計な世話です」

すかさず歯朶野が口を挟む。しかし樹太郎と清雅が打ち解けたように笑うのでどうにも調子が狂うのか、歯朶野は眉をひそめて困惑した。そんな彼に藍は一歩近づく。

「いつもありがとうございました。お世話になりました」

「いえ……私は、樹太郎様の命令を忠実に守っただけです」

無骨な言い方に、今度は藍までも苦笑した。

「そうだ、歯朶野さんの異能ってなんだったんですか？」

いくらか和んだ空気になったので、藍は思わず訊いてみた。すると歯朶野はキョトンとし、首を傾げる。

「言ってませんでしたか？」

「え？　どこかで言ったんですか？」

「あー……そうか、気づいてなかったのか」

そう独り言つ彼は困ったように頭をかいた。そして瞬きし、緑の瞳を見せるとおもむろに藍の額を指でつく。その瞬間、藍の脳内に知らない記憶が流れ込んできた。

清雅とふたりで話をしている。あの美しい景色を見た場所で祝言をあげる姿が――。

「どうやらあなたの未来は明るいようですね」

そうして咳払いする歯朶野はバツが悪そうに顔を歪ませる。一方、藍はアワアワとうろたえた。

「え？　えぇ？　い、今の……！」

「お幸せに」

歯朶野はそれだけ素早く言うと、踵を返して牛車に乗り込んだ。

「ちょっと、歯朶野さん！」

「藍、あいつはやめておけ。俺がいるだろ」

清雅が急にこちらの様子に気づき、肩を掴んでくる。藍は顔を真っ赤にし、彼の顔が見られなくなった。

歯朶野が見せたあれは、そう遠くない未来なのだろうか。とにかく頭がこんがらがってしまい、思わず清雅から離れた。

「お父さんの前で、そういうことはやめてください！」

そう言って父を見ると、愉快そうにクスクス笑っていた。

「藍の元気な顔が見られてよかったよ」

「お父さん……」

藍は一歩前へ出た手前、父の顔をまともに見られず、つい目を伏せた。すると清雅が後ろから藍の背中を押す。そのおかげで藍は父の胸に飛び込んだ。父は嬉しそうに藍を抱きとめる。

「藍……またお父さんと呼んでくれるんだね」

「当たり前だよ……だって、わたしの大事な、お父さんなんだから」

父は頭を撫でてくれた。優しい手の感触が懐かしく、涙が滲んでくる。もう二度と会えない。その寂しさと虚しさ、悔しさが溢れてくる。しかし、父の手を感じていると、それが不思議と消化されるようでもあった。

「お父さん……これを」

藍の声で、後ろに控えていた沢胡が静かに小瓶と小さな写真を手渡してきた。

「これ、お母さんの遺骨の一部と写真。持っていって」

「藍、いいのかい？」

「だって、お母さんはお父さんと一緒がいいだろうから」

ゆっくり顔を上げ、父の顔を見つめる。父は泣きそうな顔でそれを受け取った。

「ありがとう。私はいつでもお前を想ってるよ」

「わたしも、お父さんのことずっと大好きだからね」

そう言うと、父は頷いて皆に会釈して踵を返した。

牛車がゆっくりと進んでいく。途方もないのっぺりとした道を行き、藍はいつまでも見送った。

終章　深愛

新たな碧月家の当主が決まるのはまだ先になるというので、藍は自分の荷物をまとめて黒夜家に戻ることとなった。牛車一台では足りず、静瑠と沢胡は一足先に戻るというので見送ったのだが……。

『やだやだ！　ぼくも藍といっしょに帰るー！』

そう駄々をこねていたカッちゃんは、双子がしっかり捕まえて連れて帰った。

『大丈夫です。私たちが責任を持って連れて帰ります』と言っていた双子だが、清雅からの命令に従っただけで空気を読んだわけではないと藍は知っていた。

「今頃、カッちゃん泣いてるかな……いっぱい助けてもらったのに、忙しくて構ってやれなかった」

ぼんやりと独り言を放つと、清雅が外の風を気持ちよさそうに受けながら「そうだな」と適当な相槌をする。

「清雅さん、話聞いてます？」

「独り言だったろう。なんとなく返事した。藍がちっとも俺に構ってくれないからな」

「それは！　だって、いろいろと大変だったから……」

つい言い返してみたものの、藍はすぐにしどろもどろになって俯く。すると清雅がため息をついた。

「顔を上げろ」

「……はい」

するると、彼は藍の手をぐいっと掴んで引き寄せた。バランスを崩す藍は清雅の胸に飛び込む形となり、また声をあげた。

「清雅さん！　急にそういうことをしないでください！」

「おぉ、吠《ほ》える藍も可愛いな。うん、その調子で俺を叱れ。その倍は甘やかしてやる」

「えぇ？　言ってる意味が分かりません！　ちょっと、もう……」

どれだけ怒っても清雅は機嫌よく笑うので、藍は頬をふくらませてふてくされた。

互いに心が通じてもまだ藍はこうして甘やかな雰囲気になることに慣れない。

「そもそもわたし、これが恋なのかどうなのかまだ分かってないのに……」

「なんだ、嘘をついたのか？　俺のことを好いていると言っていたのに」

今度ははっきりと言葉が返ってきたので藍は悔しくなって顔をしかめた。

一方、清雅も真似して顔をしかめるので藍はため息をついた。

「藍？」

「……なんですか」

「もう一度お前の口から聞きたい。でないと俺はお前を信じられない」

嘆くような言い草だが、おどけるような声なので本気ではないのだと容易に分かる。

「お母様はあなたを仏頂面と呼んでましたが、全然そんなことないじゃないですか。

とてもユーモアがおありですね！」

「おい、なんだその聞き捨てならない言葉。しかもなんだ、その口のきき方は」

清雅の眉が困惑気味にしわを寄せる。そしてそっぽを向く藍の顎を掴んだ。

「ちょ、清雅さ……」

抗議する間もなく唇を押しつけられ、言葉をふさがれる。

溺れそうなほど長いキスが続くも、振りほどけずにそのままでいる。やがてゆっくりと離れる時、名残惜しくもあった。

「お仕置きはきいたようだな」

「……！」

ニヤリと笑う清雅の意地悪な顔に、藍は羞恥のあまり固まった。自分でも分かるほど赤面しているだろう。

清雅は満足そうに笑う。その屈託のない笑顔を向けられたら怒るに怒れない。

藍はゆっくりと移動すると、清雅の胸に背中を預けた。すっぽりと収まり、また彼の顔を見ずに済むのでいくらか緊張はほぐれていく。清雅は藍をなだめるように頭を撫でていた。

「ところで、清雅さん」

「ん？」

のんびりとした清雅の低い声が心地よく耳に馴染む。藍はずっと考えていたことを手繰り寄せるようにゆっくり訊いた。

「どうしてわたしを探していること、黙っていたんですか？」

その問いに清雅の撫でる手が止まる。一向に彼は話そうとせず、またはぐらかしてふざけようとしているのかと藍は不安になって彼を見上げた。

清雅は神妙な顔をしており、藍から目をそらす。

「清雅さん？」

「……それを咎められると弱るな」

「別に咎めてませんよ。ちょっと気になったから訊いてみただけです」

どうやら答えは聞けそうにない。そう思って藍は彼の回答を諦めた。窓の外を見ようと離れかけると、後ろから清雅が呼び止めるように口を開いた。

「思い出してほしかったんだ」

振り返ると、彼はなんだか気まずそうに顔をそむけている。照れているのだろうか。

「お前が自分で俺を思い出すのを待っていた。藍があの時の娘だって気づいてから、無性に愛しく思うようになったんだ。それなのに当のお前は全然覚えてない……悔しいだろ、俺だけ覚えてるのは」

拗《す》ねているような口調の清雅に藍は目をしばたたかせた。完全無欠な彼でもそんな顔をするとは思わず、目を丸くして呆気にとられた。

清雅の目がチラリと藍に向く。

「なんとか言え」

「あ……えーっと……なるほど」

気の利いた言葉が浮かばないので、藍は自分自身にため息を投げつけた。

「なんだよ」

清雅は少し不機嫌をあらわす。

「いいえ……ただ、可愛いなって」

最後のほうは聞こえないように呟いた。彼のすべてが愛しく感じ、頬が緩んでいく。

「藍」

清雅の低い声が名を呼ぶ。藍はそろそろと彼に近づき、じっと顔を覗き込んだ。真剣な瞳を見つめると、清雅はしっかりと強く抱きしめる。

「もう二度と俺を忘れないよう絶対に離さない。一生かけてお前を愛する」

藍は彼に身を委ね、抱きしめ返す。

「清雅さん」

「ん？」

「わたしもあなたが大好きです」

囁くように告げると、清雅は表情をフッと緩めた。

「もう一度」

そのリクエストに藍は『しまった』と、アワアワとうろたえる。

「藍？　どうした、もう一度だ。ほら、もう一度聞かせろ。でないと信じない」

青い瞳に見つめられると敵わない。いつか恥じらいなく彼に愛を伝えられる日が来るのだろうか。

ただひとつ揺るぎない確かなことは、彼を想う気持ち。初めて知ったこの感情をゆっくり育て、生涯をともにしたい。

その願いが意思となり、この感情を失くさないようにと藍は静かに清雅へ口づけをした。

了

あとがき

和風シンデレラストーリーを書くことが一生のうちに何度あるのだろうかとデビュー前はまったく考えたことがありませんでした。しかし『大正偽恋物語』に引き続き、こうして出版できていることを思うと感慨深くなります。

また私は以前からあやかしや神様には興味があり、投稿サイトでもその関連作を書いていました。あやかしは和風の王道ではありますが魅力的ですよね。

しかし本ジャンルは世に溢れかえっています。どうしたらオリジナリティが出せるのか試行錯誤し、辿り着いたのが半妖の花嫁でした。いやいや、半妖の花嫁も多分そこまでオリジナル要素はないよ……と思いますが、ヒロインの異能「植物と話すこと」や植物を操る鬼は珍しいですよね。また、いろんな異能が書けて楽しかったです。

かわいいマスコットキャラとして出てきた猫鬼は福島県の一部に伝わる幻獣だとか。猫鬼の骨（作り物）を博物館で見た時からずっと創作に活かしたいと思っていました。

そしてこの世界における『隠り世』は三つの勢力に分かれており、それぞれ鬼、龍、獣の国があります。本作は鬼の国での物語です。せっかくなら龍の国、獣の国の物語も書いてみたいところですので、ぜひ本作を応援いただけますと嬉しいです。例えば

〝生贄少女と龍神〟の婚姻譚や〝霊力の強い巫女と妖狐〟の切ない恋絵巻など時代もさまざまに描けたら楽しそうですね。もちろん清雅と藍の今後を描いたものも楽しいと思います。実現できたら嬉しいです。

それではここで感謝の言葉を。

今回の企画を一緒に作ってくださった旧担当様、大変お世話になりました。そして本作を一緒に作り上げてくださった新担当様、ありがとうございます。今後ともよろしくお願いいたします。また出版に関わるすべての皆様に厚く御礼申し上げます。

カバーイラストを担当してくださったボダックス様、オーダーした手前、メインふたりの色合いが地味かなと少々不安でしたがそれを払拭するほど素晴らしく美しいイラストに仕上げてくださり、ありがとうございました。最高です！

それからいつも応援してくれる友人たち、最近なかなかお話できてないなぁと思ってるのでまた遊んでください。お願いします！

最後に本作をお手に取っていただいた読者様、ここまでお読みくださりありがとうございました。末永く応援していただけると幸いです。

またいつかお会いできることを祈って。

二〇二四年九月　小谷杏子

この物語はフィクションです。実在の人物、団体等とは一切関係がありません。

小谷杏子先生へのファンレターのあて先
〒104-0031　東京都中央区京橋1-3-1　八重洲口大栄ビル7F
スターツ出版（株）書籍編集部 気付
小谷杏子先生

妹に虐げられた無能な姉と
鬼の若殿の運命の契り

2024年9月28日　初版第１刷発行

著　者　小谷杏子　

発 行 人　菊地修一
デザイン　フォーマット　西村弘美
　　　　　カバー　北國ヤヨイ（ucai）
発 行 所　スターツ出版株式会社
　　　　　〒104-0031
　　　　　東京都中央区京橋1-3-1　八重洲口大栄ビル7F
　　　　　TEL　03-6202-0386　（出版マーケティンググループ）
　　　　　TEL　050-5538-5679（書店様向けご注文専用ダイヤル）
　　　　　URL　https://starts-pub.jp/
印 刷 所　大日本印刷株式会社

Printed in Japan

ISBN　978-4-8137-1643-3　C0193

スターツ出版文庫　好評発売中!!

『#嘘つきな私を終わりにする日』　此見《このみ》えこ・著

クラスでは地味な高校生の紗倉は、SNSでは自分を偽り、可愛いインフルエンサーを演じる日々を送っていた。ある日、そのアカウントがクラスの人気者男子・真野にバレてしまう。紗倉は秘密にしてもらう代わりに、SNSの“ある活動”に協力させられることに。一緒に過ごすうち、真野の前ではありのままの自分でいられることに気づく。「俺は、そのままの紗倉がいい」SNSの自分も地味な自分も、まるごと肯定してくれる真野の言葉に紗倉は救われる。一方で、実は彼がSNSの辛い過去を抱えていると知り――。

ISBN978-4-8137-1627-3／定価726円（本体660円+税10%）

『てのひらを、ぎゅっと。』　逢優《あゆ》・著

彼氏の光希と幸せな日々を過ごしていた中３の心優は、突然病に襲われ、余命３ヶ月と宣告される。そんな中で迎えた２人の１年記念日、光希の幸せを考えた心優は「好きな人ができた」と嘘をついて別れを告げるものの、彼を忘れられずにいた。一方、突然別れを告げられた光希は、ショックを受けながらも、なんとか次の恋に進もうとする。互いの幸せを願ってすれ違う２人だけど…？命の大切さ、家族や友人との絆の大切さを教えてくれる感動の大ヒット作！

ISBN978-4-8137-1628-0／定価781円（本体710円+税10%）

『愛を知らぬ令嬢と天狐様の政略結婚二～幸せな二人の未来～』　クレハ・著

名家・華宮の当主であり、伝説のあやかし・天狐を宿す青葉の花嫁となった真白。幸せな毎日を過ごしていた二人の前に、青葉と同じくあやかしを宿す鬼神の宿主・浅葱が現れる。真白と親し気に話す浅葱に嫉妬する青葉だが、浅葱にはある秘密と企みがあった。二人に不穏な影が迫るが、青葉の真白への愛は何があっても揺るがず――。特別であるがゆえに孤高の青葉、そして花嫁である真白。唯一無二の二人の物語がついに完結！

ISBN978-4-8137-1629-7／定価704円（本体640円+税10%）

『鬼の生贄花嫁と甘い契りを六　～ふたりの愛を脅かす危機～』　湊《みなと》 祥《しょう》・著

鬼の若殿・伊吹と生贄花嫁の凛。同じ家で暮らす伊吹の義兄弟・鞍馬。幾度の危機を乗り越え強固になった絆と愛で日々は順風満帆だったが「俺は天狗の長になる。もう帰らない」と鞍馬に突き放されたふたり。最凶のあやかしで天狗の頭領・是界に弱みを握られたようだった。鞍馬を救うため貝姫姉妹や月夜見の力を借り立ち向かうも敵の力は強大で――。「俺は凛も鞍馬も仲間たちも全部守る。ずっと笑顔でいてもらうため、心から誓う」伊吹の優しさに救われながら、凛は自分らしく役に立つことを決心する。シリーズ第六弾！

ISBN978-4-8137-1630-3／定価726円（本体660円+税10%）

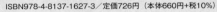

スターツ出版文庫　好評発売中!!

『私を変えた真夜中の嘘』

不眠症の月世と、“ある事情”で地元に戻ってきたかつての幼馴染の弓弦。(『月よ星よ、眠れぬ君よ』春田モカ)、“昼夜逆転症”になった栞と、同じ症状の人が夜を過ごす“真夜中ルーム”にいた同級生の旭。(『僕たちが朝を迎えるために』川奈あさ)、ビジネス陽キャの茱月と、クラスの人気者・颯馬。(『なごやかに息をする』雨)、人気のない底辺ゲーム実況者の周助と、彼がSNS上で初めて見つけた自分のファン・チトセ。(『ファン・アート』夏木志朋)、真夜中、嘘から始まるふたりの青春。本音でぶつかり合うラストに涙する！心救われる一冊。

ISBN978-4-8137-1600-6／定価737円（本体670円+税10%）

『最後の夏は、きみが消えた世界』　九条蓮《くじょうれん》・著

平凡な日々に退屈し、毎日を無気力に過ごしていた高校生の壮琉《たける》。ある放課後、車にひかれそうな制服の美少女を救ったところ、初対面のはずの彼女・弥凪《みなぎ》は「本当に、会えた……」と呟き、突然涙する。が、その言葉の意味は誤魔化されてしまった。お礼がしたいと言う弥凪に押し切られ、壮琉は彼女と時間を過ごすように。自分と違って、もう一度人生をやり直すかのように毎日を全力で生きる弥凪に、壮琉は心惹かれていく。しかし、彼女にはある秘密があった…。タイトルの意味、ラストの奇跡に二度泣く！世界を変える究極の純愛。

ISBN978-4-8137-1601-3／定価814円（本体740円+税10%）

『鬼の軍人と稀血の花嫁～桜の下の契り～』　夏《なつ》みのる・著

人間とあやかしの混血である“稀血”という特別な血を持ち、虐げられてきた深月。訳あって“稀血”を求めていた最強の鬼使いの軍人・暁と契約し、偽りの花嫁として同居生活を送っていた。恋に疎い深月は、暁への特別な感情の正体がわからず戸惑うばかり。一方の暁は、ただの契約関係のはずが深月への愛が加速して…。そんな中、暁の秘められた過去の傷を知る幼馴染・雛が現れる。深月が花嫁なのが許せない雛はふたりを阻むが、「俺が花嫁にしたいのは深月だけだ」それは偽りの花嫁として？それとも…。傷を秘めたふたりの愛の行方は――。

ISBN978-4-8137-1602-0／定価726円（本体660円+税10%）

『余命わずかな花嫁は龍の軍神に愛される』　一ノ瀬亜子《いちのせあこ》・著

帝都の華族・巴家当主の妾の子として生まれてきた咲良は義母に疎まれ、ふたりの義姉には虐げられ、下女以下の生活を強いられていた。ある日、人気のない庭園で幼いころに母から教わった唄を歌っていると「――貴女の名を教えてくれないか」と左眼の淡い桜色の瞳が美しい龍の軍神・小鳥遊千桜に声をかけられる。千桜は咲良にかけられた“ある呪い”を龍神の力で見抜くと同時に「もう俯く必要はない。俺のもとに来い」と突然婚約を申し込み――⁉余命わずかな少女が龍神さまと永遠の愛を誓うまでの物語。

ISBN978-4-8137-1603-7／定価726円（本体660円+税10%）

スターツ出版文庫　好評発売中!!

『大嫌いな世界にさよならを』　音《おと》はつき・著

高校生の絃は、数年前から他人の頭上にあるマークが見えるようになる。嫌なことがあるとマークが点灯し「消えたい」という願いがわかるのだ。過去にその能力のせいで友人に拒絶され、他人と関わることが億劫になっていた絃。そんなある時、マークが全く見えないクラスメイト・佳乃に出会う。常にポジティブな佳乃をはじめは疑っていたけれど、一緒に過ごすうち、絃は人と向き合うことに少しずつ前向きになっていく。しかし、彼女は実は悲しい秘密を抱えていて…。生きることにまっすぐなふたりが紡ぐ、感動の物語。

ISBN978-4-8137-1588-7／定価737円（本体670円+税10%）

『余命半年の君に僕ができること』　日《ひ》野《の》祐《ゆう》希《き》・著

絵本作家になる夢を諦め、代り映えのない日々を送る友翔の学校に、転校生の七海がやってきた。七海は絵本作家である友翔の祖父の大ファンで、いつか自分でも絵本を書きたいと考えていた。そんな時、友翔が過去に絵本を書いていたこと知った七海に絵本作りに誘われる。初めは断る友翔だったが、一生懸命に夢を追う七海の姿に惹かれていく。しかし、七海の余命が半年だと知った友翔は「七海との夢を絶対に諦めない」と決意して――。夢を諦めた友翔と夢を追う七海。同じ夢をもった正反対なふたりの恋物語。

ISBN978-4-8137-1587-0／定価715円（本体650円+税10%）

『鬼の花嫁　新婚編四～もうひとりの鬼～』　クレハ・著

あやかしの本能を失った玲夜だったが、柚子への溺愛っぷりは一向に衰える気配がない。しかしそんなある日、柚子は友人・芽衣から玲夜の浮気現場を目撃したと伝えられる。驚き慌てる柚子だったが、その証拠写真に写っていたのは玲夜にそっくりな別の鬼のあやかしだった。その男はある理由から鬼龍院への復讐を誓っていて…⁉花嫁である柚子を攫おうと襲い迫るが、玲夜は「柚子は俺のものだ。この先も一生な」と柚子を守り…。あやかしと人間の和風恋愛ファンタジー第四弾‼

ISBN978-4-8137-1589-4／定価671円（本体610円+税10%）

『冷血な鬼の皇帝の偽り寵愛妃』　望月《もちづき》くらげ・著

鬼の一族が統べる国。紅白雪は双子の妹として生まれたが、占い師に凶兆と告げられ虐げられていた。そんな時、唯一の味方だった姉が後宮で不自然な死を遂げたことを知る。悲しみに暮れる白雪だったが、怪しげな男に姉は鬼の皇帝・胡星辰に殺されたと聞き…。冷血で残忍と噂のある星辰に恐れを抱きながらも、姉の仇討ちのために入宮する。ところが、恐ろしいはずの星辰は金色の美しい目をした皇帝で⁉ 復讐どころか、なぜか溺愛されてしまい――。「白雪、お前を愛している」後宮シンデレラストーリー。

ISBN978-4-8137-1590-0／定価671円（本体610円+税10%）

スターツ出版文庫　好評発売中!!

『余命一年、向日葵みたいな君と恋をした』　長久《ながひさ》・著

「残り少ない君の余命、私と過ごさない？」先天的な心臓の病で生きる希望のなかった耀治に声をかけてきた同級生の日向夏葵。死ぬ際に後悔を残したくなかった耀治は友達をつくらず趣味の写真だけに向き合っていたが、夏葵から耀治の写真には何かが足りない指摘され、その答えを探すため残りの余命で夏葵と様々な場所に出かけるように。行動を共にするうちに向日葵のように明るい夏葵に惹かれていく。「僕は、君と過ごした証を残したい」しかし彼女にはある切ない秘密があって──。ラストに号泣必至の純愛物語。

ISBN978-4-8137-1574-0／定価792円（本体720円+税10%）

『雨上がりの空に君を見つける』　菊川《きくかわ》あすか・著

高1の花蓮は人の感情が色で見える。おかげで空気を読むのが得意で、本音を隠して周りに合わせてばかりいた。そんな中、何故か同級生の蒼空だけはその感情の色が見えず…。それに、自分と真逆で意思が強く、言いたいことをはっきり言う蒼空が苦手だった。しかし、本音が言えない息苦しさから花蓮を救ってくれたのは、そんな蒼空で──。「言いたいこと言わないで、苦しくならないのかよ」花蓮は蒼空の隣で本当の自分を見つけていく。そして、蒼空の感情だけが見えない理由とは…。その秘密、タイトルの意味に涙する。感動の恋愛小説。

ISBN978-4-8137-1575-7／定価704円（本体640円+税10%）

『冷酷な鬼は身籠り花嫁を溺愛する～幸せな運命～』　真崎奈南《まさきなな》・著

現世で一族から虐げられていた美織は、美しき鬼の当主・魁の花嫁となる。あやかしの住む常世で生きるためには鬼の子を身籠る必要があり、美織は息子の彗を生み、魁からは溺愛される日々を送っていた。そんな中、元当主である魁の父と義母に対面する。美織は魁の義母に人間がゆえ霊力が低いことを責められてしまう。自分は魁の妻としてふさわしくないのではと悩む美織。しかし魁は「自分を否定するな。俺にとって、唯一無二の妻だ」と大きな愛で包んでくれて…。一方、彗を狙う怪しい影が忍び寄り──。

ISBN978-4-8137-1576-4／定価682円（本体620円+税10%）

『傷もの花嫁と龍神の契約結婚』　水瀬蛍《みなせほたる》・著

祓い屋の一族に生まれながら攻撃能力を持たず「治癒」しか使えない体で生まれてきた楪は、幼いころに妖魔に襲われ自身の顔と体に傷を負ってしまった。唯一の能力である治癒も自身には使えず、傷ものと虐げられてきた。しかしそんな楪の元に突如、祓い屋の名家である龍ヶ崎家の次期当主・十和が現れた。人間離れした美しさを持つ十和から自分の治癒係として契約結婚するよう持ち掛けられる──。治癒能力だけが必要とされた愛のない結婚のはずが「俺は楪が好きだ。ずっとそばにいてほしい」十和に溺愛されて…!?

ISBN978-4-8137-1577-1／定価704円（本体640円+税10%）

スターツ出版文庫　好評発売中!!

『きみの10年分の涙』　いぬじゅん・著

学校では保健室登校。家では、浮気をして別居中のお父さんといつも機嫌の悪いお母さんの板挟み。悩みだらけの光にとって幼馴染の正彦は唯一、笑顔にしてくれる存在だった。正彦への十年間の初恋。しかしその想いは、ある理由からずっと誰にも言えずにいた。自分に嘘ばかりついているそんな自分が嫌いだった。ある日、お父さんの“好きな人”であるナツと知り合う。自分にないものをたくさん持った彼女との出会いが、光の人生を変えていき…。そして、十年分の想いを彼に伝えるが——。十年間の切ない恋の奇跡に涙！

ISBN978-4-8137-1560-3／定価715円（本体650円+税10%）

『だから私は、今日も猫をかぶる～Sanagi's story～』　水月《みずき》つゆ・著

高１の影山紗凪は正義感が強く友達をいじめから守ったことで、今度は自分が標的になってしまいトラウマを抱えていた。それ以来、自分に嘘をついて周りに同調するために猫をかぶって過ごす日々。本当の自分を隠すため伊達メガネをかけていたのだが、ある日教室に忘れてしまう。翌日、急いで学校に向かうとクラスの人気者、保坂樹がそれを持っていて——。「俺の前では本音の影山でいて」彼と出会い、彼の言葉に救われ、紗凪は本当の自分を好きになっていく——。前に踏み出す姿に感動の青春恋愛小説。

ISBN978-4-8137-1561-0／定価693円（本体630円+税10%）

『５分後に涙』　スターツ出版文庫編集部・著

余命半年と告げられた私の前に現れたのは、白い髪に白い肌、白い服を着た——天使。ではなくて、死神。命を諦めていた私に、死神はある契約を持ちかける。（『もう一度、キミと初めての恋をしよう』）ずっと好きだった幼馴染が死んで幽霊に。切なすぎる別れが待ち受けていて…。彼女はある優しい嘘をついていた。『嘘つきライカの最後の嘘。』）など、全14編。気になる展開から、予想外のラストに感動して大号泣。通学、朝読、就寝前、たった５分であなたの世界を涙で彩る超短編集。

ISBN978-4-8137-1562-7／定価748円（本体680円+税10%）

『龍神と許嫁の赤い花印四～終わりを告げる百年の因縁～』　クレハ・著

意識を失ったミトが目を覚ますとそこは天界——龍神の世界だった。駆けつけた波琉曰く、堕ち神に襲われ、死んでしまったミトは、波琉との永遠の愛を誓った“花の契り”によって再び肉体を得ることができたという。しかし、堕ち神はある復讐を果たすため、依然としてミトの魂を狙い、襲い迫る。龍神の王でさえ、本来真っ向から立ち向かうことは難しい堕ち神。しかし、波琉は「ミトは僕の伴侶だ。決して誰にも渡さない」と全力でミトを守り…。ミトもまた、波琉との幸せな未来を歩むため共に立ち向かう——。

ISBN978-4-8137-1563-4／定価671円（本体610円+税10%）

書店店頭にご希望の本がない場合は、書店にてご注文いただけます。